Simon Tanner
Tarif

SIMON TANNER

TARIF

ROMAN

Simon Tanner
Tarif
Unikat Verlag
1. Auflage, 2022

ISBN: 978-3-98595-308-0

Lektorat: Juri Pavlovic, Textehexe.com
Korrektorat: Marleen Walter
Covergestaltung: FAVORITBUERO GbR, Lena Kleiner, Favoritbuero.de
Marketing: Mainwunder Media House, mainwunder.de
Ebook und Buchsatz: Corinna Rindlisbacher, ebokks.de
Bestellung und Vertrieb: Nova MD GmbH, Vachendorf
Druck und Bindung: Bookpress.eu
Printed in Polen

Text Copyright © 2022 Simon Tanner
im Unikat Verlag
Dorotheenstr. 6
61348 Bad Homburg

Für Mira und Sebastian

PROLOG

15. März 1957

„Einverstanden", zischte er.

Der Hagere nickte. „Aber das bleibt unter uns. Sonst können Sie das Ganze vergessen, Herr Trappe." Dabei betonte der Sprecher die letzte Silbe des Namens überdeutlich – Trappeee, so als wolle er wenigstens auf diese Weise deutlich machen, wer hier eigentlich das Sagen hatte.

„Wann kann ich das bekannt geben?", fragte Trappe mit heiserer Stimme, die nicht so recht zu seinem athletischen Körper passen wollte.

„Ich brauche wenigstens sechs Monate, um alle einzubinden. Erst dann."

„Und Sie erwarten, dass ich so lange stillhalte und mitspiele?"

Der Hagere erhob sich. „Das – oder Sie zerstören mutwillig alles, was wir zusammen aufgebaut haben."

„Schon gut", beschwichtigte Trappe. „Ich bin für die Kollegen und ihre Arbeitsplätze da. Aber wir machen alles hier fertig und unterschreiben."

„Und ein Exemplar für jeden mit einem Sperrvermerk für den Veröffentlichungszeitpunkt", warf der Hagere ein.

„Brauchen wir das wirklich?"

„Sie haben Recht", sagte der Hagere nach kurzem Zögern. „Wir sind sowieso auf Gedeih und Verderb aufeinander angewiesen."

Stuttgarter Nachrichten vom 08. August 1957

Am gestrigen Abend wurde Wilhelm Trappe bei einem Verkehrsunfall tödlich verletzt. Nach Angaben der Polizei kam der Gewerkschaftssekretär aus bisher noch ungeklärten Gründen von der Fahrbahn ab und prallte frontal gegen einen Baum. Er verstarb noch an der Unfallstelle. Trappe hinterlässt eine Frau und zwei Kinder.

Kapitel 1

60 Jahre später

Dies war der perfekte Moment, um mit dem Rauchen anzufangen.

Johannes stellte sich vor, wie er in aller Ruhe eine Zigarette aus der Packung klopfte. Wie er sie zwischen die Lippen steckte und sie mit einem schweren silbernen Feuerzeug anzündete. Der Rauch würde aufsteigen und geheimnisvoll sein Gesicht umwölken, genau wie auf dem Foto seines Großvaters, das bei Oma Anna über dem Sofa hing. Gediegen würde er aussehen, souverän, wie einer, der wusste, wo es langging. Wie Opa Wilhelm.

Was natürlich Quatsch war. Er ging nicht viermal die Woche zum Sport, um sich dann ein Asthma zuzulegen.

Er tastete nach der Kaugummipackung in seiner Hosentasche. Nein. Kein angemessener Ersatz.

„Hannes? Kommst du? Wir müssen wieder rein. Drei Uhr war abgemacht."

Fabians Worte färbten sich vor Johannes' innerem Auge in einem Wirbel von Dunkelblau und Violett. Anspannung und Ungeduld. Er konnte es ihm nicht verdenken.

„Nur die Ruhe. Lass die noch ein bisschen schmoren."

„Ich weiß nicht. Das ist doch nicht deine Art, solche Mätzchen zu machen. Das ist doch Schnee von gestern."

„Quatsch, das ist Psychologie und die ist nie von gestern", beharrte Johannes. „Du weißt doch, dass Erfolge bei Tarifverhandlungen nicht auf dem Papier erreicht werden. Ich will die erst noch ein bisschen mürbe machen."

„Püschlogie", äffte ihn Fabian nach. „Als ob wir damit etwas erreichen könnten. Die reagieren auf Druck und sonst auf gar nichts."

Johannes zuckte mit den Schultern und steckte sich doch noch einen Kaugummi in den Mund. Er schmeckte fad. Er schluckte ihn runter.

Gemeinsam gingen sie den langen Hotelflur entlang, schweigend, der Teppich verschluckte ihre Schritte. Ganz hinten blieb Fabian vor einer Tür stehen und klopfte. Johannes atmete durch, räusperte sich und trat ein. Fabian folgte ihm.

Gelassenheit. Souveränität. Denk an den Großvater.

Seine Verhandlungspartnerin, Susanne Meinel, gab sich offenbar die gleiche Mühe. Sie saß, die Beine elegant übereinandergeschlagen, und wippte mit dem Fuß. Hochhackige Schuhe – vielleicht blieb sie auch nur deshalb sitzen, weil sie darin schlecht stehen konnte. Sie war die neue Frau im Vorstand der Stinzigwerke und zuständig für das Personal. Werner Hausmann, der Personalchef, saß neben ihr und blätterte in seinen Unterlagen. Er stand schon kurz vor der Rente, ein typischer Schwabe. Fleißig und sparsam, dazu nicht sonderlich redselig. Im Moment sah er aus, als würde er sich Sorgen machen.

Meinel lächelte kühl. Johannes setzte sich an den Konferenztisch und faltete locker die Hände auf der spiegelnden Tischplatte. Neben ihm zog Fabian sich einen Stuhl heran.

„Nun, meine Herren", begann Meinel, „haben Sie über unseren Vorschlag nachgedacht?" Fragend zog sie die dunklen Augenbrauen nach oben, die einen interessanten Kontrast zu ihrem roten Haarschopf bildeten.

„Ja, Frau Meinel, das haben wir", antwortete Johannes. „Wir können Ihr Angebot auf dieser Basis leider nicht annehmen."

„Ist das Ihr letztes Wort?" Meinels Stimme klang ruhig und sachlich, aber die Temperatur im Raum sank augenblicklich auf den Gefrierpunkt. „Ich hoffe, Sie sind sich über die Konsequenzen im Klaren."

„Natürlich," antwortete Johannes. „Sie hören von uns."

„Könnten wir nicht doch …", machte jetzt Hausmann einen Versuch, sich in das unerfreuliche Gespräch einzuschalten. Aber Meinel schnitt ihm das Wort ab.

„Ich denke, Herr Hausmann, es ist alles gesagt. Auf Wiedersehen, meine Herren."

Johannes brauchte einen Moment, um den Affront als solchen zu begreifen. Sie verhandelte nicht? Missachtete damit die ungeschriebenen Regeln? Sie musste jetzt einlenken, eine neue Gesprächsbasis anbieten.

Aber das tat sie nicht.

Johannes und Fabian blickten Meinel ungläubig an, aber sie schien es ernst zu meinen. Also stand Johannes auf und verließ den Raum, Fabian direkt hinter ihm.

„Ein Rausschmiss erster Klasse, und wie sie Hausmann vor uns bloßgestellt hat – das sieht man nicht alle Tage", sagte Fabian verwirrt. „Und was machen wir jetzt? Sie kann uns doch nicht so einfach im Regen stehen lassen! Ohne jedes weitere Angebot."

„Warum soll sie das nicht können?", fragte Johannes zurück.

„Na, weil wir ihr sonst die Hölle heißmachen! Urabstimmung, Streik und dann ist hier Leben in der Bude. Gerade jetzt, wo das Werk diese Mega-Aufträge hat. Da muss einfach termingerecht produziert werden. Die können unmöglich einen Streik riskieren."

Johannes nickte. Anspannung machte sich in ihm bemerkbar. Ein Hotelflur, eine Treppe und zwei Türen – dann würde er seiner Tarifkommission gegenüberstehen und das Ergebnis der Verhandlung verkünden, wenn man es als solches bezeichnen konnte.

Er war der jüngste Verhandlungsführer, den die Vereinigte Gewerkschaft Metall – oder kurz VGM – je gesehen hatte. Die Kommission vertraute ihm. Eigentlich. Aber es gab auch Stimmen, die ihm seine fehlende Erfahrung zum Vorwurf machten. Jetzt würde sich zeigen, ob er in der Lage war, trotz allem ihr Vertrauen zu gewinnen.

Flur, Treppe, Glastür. Tür zum Konferenzraum.

Jetzt kommt die Stunde der Wahrheit.

Diese Phase gab es häufig in Tarifrunden. Die Verhandlungen wurden auf Arbeitgeber- und Gewerkschaftsseite zwar von Verhandlungsführern geleitet. Das waren in der Regel einerseits der Personalvorstand eines Unternehmens und auf der anderen Seite ein Gewerkschaftssekretär. Aber am Ende mussten alle Entscheidungen von den Tarifkommissionen der jeweiligen Seiten vorbereitet und mitgetragen werden. Dort spielte also die Musik, egal wie einig sich Vorstand und Gewerkschaftssekretär während der Verhandlungen schon geworden waren. Natürlich gab es immer wieder Alleingänge selbstbewusster Verhandlungsführer, aber dazu musste die Tarifkommission bedingungslos hinter ihm stehen.

Ob das der Fall war, würde sich gleich zeigen.

„Versuchen wir also, ihr Vertrauen zu gewinnen", murmelte er.

Als sie die Tür öffneten, blickten ihnen dreißig Augenpaare erwartungsvoll entgegen.

„Und?", kam es wie aus einem Mund.

„Nichts", sagte Johannes. „Sie sind nicht bereit, ihr Angebot zu verbessern. Nachdem wir gesagt hatten, dass es so nicht reicht, wollten sie überhaupt nicht mehr mit uns reden."

„Wie, nicht mehr reden? Was soll das denn?", platze Gerd Fiebinger heraus.

Natürlich. Vertrau auf Gerd, dass er die Sache hochkocht.

„Ich weiß es nicht", sagte Johannes. Er spürte, dass die Kommission jetzt eine Erklärung von ihm erwartete – gerade so, als wäre er es gewesen, der die Verhandlungen beendet hatte, nicht Susanne Meinel.

Ich habe die Kommission noch nicht im Griff. Das Alter. Die fehlende Erfahrung. Wenn sie könnten, würden sie Opa Wilhelm als Verhandlungsführer zurückhaben wollen. Gewerkschaftslegende Wilhelm Trappe – aber der könnte hier auch nichts ausrichten. Wer nicht will, der hat schon.

„Warum nimmt die Meinel so eine Haltung ein?", kam es dann auch prompt aus der anderen Ecke des Raumes.

„Das kann ich euch auch nicht sagen", antwortete Johannes spontan und bemerkte sofort seinen Fehler. Die Mitglieder der Tarifkommission erwarteten Erklärungen, keine Hilflosigkeit. Wie zur Bestätigung erhöhte sich der Geräuschpegel im Raum deutlich.

Ich muss etwas tun. Jetzt.

Aber was?

„Hört mal alle her. Ich habe mit dieser Entwicklung gerechnet und natürlich einen detaillierten Plan. Wir treffen uns morgen früh um neun, um meine Ideen zu besprechen."

Sein Ton ließ weder Diskussion noch Widerspruch zu. Fiebinger nickte beifällig und auch alle anderen murmelten Zustimmung. Johannes atmete auf. Die Kuh war vom Eis. Bis morgen früh.

Die Tarifkommission löste sich auf. Fabian blieb bei Johannes stehen.

„Du hast einen Plan?", flüsterte er. „Echt? Welchen?"

„Weiß ich noch nicht", gab Johannes leise zurück. „Frag mich morgen um kurz vor neun."

KAPITEL 2

Werner Hausmann wusste, er würde keine Antwort bekommen, nur wieder eine Gegenfrage, aber fragen musste er trotzdem, er drohte sonst vor Zorn zu platzen.

„Warum haben Sie das gemacht?"

„Was gemacht?", fragte Susanne Meinel zurück, so gelassen, als wäre nichts gewesen.

„Warum haben Sie Trappe im Regen stehen lassen?"

„Was sprach dagegen?", antwortete Meinel und verschränkte lässig die Hände auf der Tischplatte. Das verdross den erfahrenen Personalchef nur noch mehr. Seit sie vor knapp einem Jahr Personalvorstand geworden war, ging das so. Auf beinahe jede Frage zunächst eine Gegenfrage. Und nichts von dem, was bewährt und richtig schien, blieb ohne Widerspruch. Vorhin hatte sie ihm sogar das Wort abgeschnitten, als sei er ein Schuljunge. Er ballte die Fäuste, schüttelte dann aber den Kopf und fuhr betont ruhig fort.

„Dagegen spricht ein längerer Arbeitskampf, den wir uns angesichts der konkreten Auftragslage einfach nicht leisten können."

Meinel sah ihm direkt in die Augen. „Glauben Sie wirklich, dass Johannes Trappe einen Arbeitskampf riskiert? Es ist seine allererste Runde als Tarifsekretär. Er ist vollkommen unerfahren und seine Kommission scheint er auch nicht im Griff zu haben."

„Damit haben Sie wahrscheinlich recht", entgegnete er.

„Aber das sind doch rein taktische Erwägungen. Sollten wir nicht auf einen vernünftigen Ausgleich mit unserem Tarifpartner hinarbeiten? Am Ende müssen wir einen Kompromiss finden. Tarifpartnerschaft ist wie eine Ehe, die nicht geschieden werden kann. Deshalb sollten wir größere Eskalationen vermeiden. Wir müssen auch morgen und übermorgen miteinander auskommen."

„Im Moment sehe ich gar nicht, wie es wirklich zu einem Konflikt kommen sollte, weil Trappe den gar nicht organisieren kann", entgegnete Meinel. „Einen Streik können die doch nie auf die Beine stellen. Und einen Ausgleich suchen wir doch nicht um seiner selbst willen. Tarifpolitik ist nicht nur die Vermittlung von Interessen, sondern auch ein Machtkampf. Der Stärkere und Klügere behält die Oberhand."

Mit ihrem Gesichtsausdruck und der hochgezogenen Augenbraue ließ sie keinen Zweifel daran, wer das nach ihrer Ansicht war. „Es wird Zeit, dass wir ein paar Dinge etwas moderner angehen", setzte sie hinzu, und Hausmann hörte die Warnung, die an ihn gerichtet war. „Für den Moment ist die VGM am Zug, und sobald dort etwas geschieht, setzen wir uns zusammen und beraten die konkreten nächsten Schritte."

Sie erhob sich, um deutlich zu machen, dass das Gespräch für sie beendet war. Hausmann folgte ihrem Beispiel. „Natürlich," antwortete er. Äußerlich blieb er gelassen, aber in ihm rumorte es. Er verstand seine Chefin und die Welt nicht mehr.

Meinels Blick folgte Hausmann, bis er das Büro verlassen hatte. Sie war sicher, dass er sie weder verstand noch mochte. Wahrscheinlich wünschte er ihr sogar die

Pest an den Hals. Dabei verstand sie ihn bestens. Werner Hausmann war der redlichste Mann, den sie sich nur vorstellen konnte. Nach über dreißig Jahren im Beruf noch immer motiviert und ständig das Wohl der Firma und ihrer Mitarbeiter im Auge. Wie gerne hätte sie ihm gesagt, dass sie das nicht nur respektierte, sondern sogar bewunderte.

Aber sie hatte einen anderen Auftrag, direkt von ganz oben.

„Erweitern Sie unseren strategischen Spielraum. Die Kosten sind Nebensache."

Das waren seine Worte gewesen. Und sie als neuer Personalvorstand wusste, was gemeint war. Strategische Fragen im Personalbereich berührten fast immer das Verhältnis des Unternehmens zu seiner Gewerkschaft. Innerhalb dieser Beziehungen wurden die Arbeitsbedingungen für die Mitarbeiter per Tarifvertrag geregelt. Eine Erweiterung des Spielraums zog zwangsläufig einen Konflikt mit der Gewerkschaft nach sich, die naturgemäß auf Erreichtes und Vereinbartes in den Tarifverträgen pochte. Um diese Botschaft zu empfangen, war sie extra einbestellt worden, ganz diskret. Sven Stinzig hatte sie persönlich eingeladen. Er war sehr nett gewesen, hatte sie in keiner Sekunde spüren lassen, dass er der künftige Erbe eines gigantischen Firmenimperiums war, der einmal über viele Tausend Mitarbeiter gebieten würde.

Sie hatte ihm das hoch angerechnet. Sie, Susanne Meinel, die wusste, wie es sich anfühlte, nichts zu besitzen und ganz unten zu sein. Sie erinnerte sich an ihre triste Kindheit in Berlin-Marzahn. Drei Geschwister, nach der Wende arbeitslose Eltern und tagein, tagaus dieser harte Existenzkampf, der aus jeder Ritze quoll. Dahin wollte sie nicht zurück. Niemals. Und hier, bei den Stinzigwerken, hatte sie Gelegenheit, sich zu beweisen. Den finalen Schritt zu tun und sich endgültig zu etablieren.

Ein Klopfen an der massiven Tür unterbrach ihre Gedanken.

„Ja?"

Die Tür öffnete sich und ihre persönliche Assistentin erschien. „Frau Meinel? Es ist Zeit für das Mittagessen."

„Vielen Dank, Mila, ich komme sofort."

Das hatte sie ja beinahe vergessen! Das wöchentliche Mittagessen der Vorstände der Stinzigwerke, zu dem der Vorstandsvorsitzende Stefan Gruber persönlich einlud. Sie würde dort über den Fortgang der Tarifverhandlungen berichten müssen. Susanne Meinel straffte sich, warf noch einen prüfenden Blick in den Spiegel und verließ ihr Büro.

KAPITEL 3

Der Feierabendverkehr raubte ihm den letzten Nerv. Als er endlich zu Hause ankam, wollte er nichts als eine heiße Dusche, eine Pizza und eine Serie, bei der er nicht nachdenken musste. Aber die Uhr tickte. In fünfzehn Stunden erwartete die Tarifkommission einen ausgefeilten Plan.

Er stellte die alte Ledertasche, die schon seinem Großvater gehört hatte und für die er mehr als einmal verspottet worden war, sorgsam neben den altersschwachen Ikea-Schreibtisch. Schuhe und Jacke flogen achtlos auf den Boden.

Tarifkommission. Ideen. Er brauchte Ideen.

Das Summen seines Smartphones riss ihn aus seinen Gedanken. Seine Mutter.

„Ja, Mutti?"

„Junge, kannst du nicht mal deinen Namen ordentlich sagen", erscholl es am anderen Ende. „Das geht doch nicht. Du bist doch jetzt jemand. Was, wenn ein Verhandlungspartner dich anruft?"

„Aber ich sehe doch im Display, dass du es bist. Was gibt's?", fragte er lahm.

Hoffentlich nichts Kompliziertes. Und hoffentlich will sie nicht nur jammern.

„Du musst herkommen, und zwar sofort", sprudelte es aus ihr hervor.

„Wohin? Nach Hause?", fragte er erstaunt.

„Ja, das heißt nein …"

„Sei doch nicht so konfus", unterbrach er sie rüde. „Soll ich nun nach Hause kommen oder nicht?"

„Nicht zu mir", gab sie zurück. „Zu Onkel Eduard. Er liegt im Krankenhaus. Sein Lungenkrebs – die Chemo hat nicht angeschlagen. Es geht ihm sehr schlecht, und er möchte dich sehen."

„Mich? Warum? Ich hatte seit Jahren nichts mehr mit Onkel Eduard zu tun, das weißt du doch. Ich hab ihn vielleicht zweimal getroffen, seit Papa tot ist."

„Ich habe ihn nicht gefragt, warum, aber ich habe ihm versprochen, dass du kommst."

Johannes seufzte. „Ausgerechnet jetzt? Ich stecke mitten in schwierigen Tarifverhandlungen und muss bis morgen früh noch etwas vorbereiten."

„Aber du wirst doch einem Sterbenden seinen letzten Wunsch nicht abschlagen?"

Den Ton kannte er. Wenn seine Mutter sich aufs gebieterische Bitten verlegte, konnte er einfach nicht nein sagen.

„Also gut. Welches Krankenhaus?"

„Nordwest-Klinik in Frankfurt. Weiß du, wo das ist?"

„Navi macht's möglich", gab er lakonisch zurück. „Ich werde etwa zwei Stunden brauchen."

„Danke, Hansi. Ich werde dann auch da sein."

„Bis dann", seufzte er ergeben. „Und nenn mich bitte nicht immer Hansi."

„Aber natürlich, Hansi." Seine Mutter legte auf.

Johannes seufzte. Anscheinend hatte ihm jemand einen gebrauchten Tag angedreht. Er fand seine Schuhe unter der Garderobe, schlüpfte in seine Jacke und verließ seine Wohnung nur wenige Minuten, nachdem er sie betreten hatte.

„Warum nur in aller Welt mache ich das jetzt?", murmelte Johannes zu sich selbst. „Als ob ich nicht schon genug Probleme hätte!"

Wie lange hatte er Eduard nicht gesehen? Fünf, sechs Jahre? Und was wollte er ausgerechnet von ihm? Beim letzten Treffen waren sie sogar aneinandergeraten, weil Onkel Eduard so komplett flach und selbstgerecht über die junge Generation hergezogen hatte und er, Johannes, der einzige Vertreter eben dieser Generation am Tisch gewesen war. Er erinnerte sich lebhaft an die meckernde Lache von Eduard. Er saß jetzt nur im Auto, weil er seiner Mutter nichts abschlagen konnte.

Wenn er sich ranhielt, war er gegen Mitternacht wieder zu Hause. Neun Stunden, um die Kuh vom Eis zu schaffen. Das war knapp, musste aber reichen.

Er fand das Krankenhaus, parkte das Auto auf einem menschenleeren Besucherparkplatz und irrte herum, bis er den Haupteingang gefunden hatte. Drinnen fragte er sich durch zur Onkologie. Endlich fand er das richtige Zimmer. Für eine Sekunde fühlte er sich, als würde auf der anderen Seite der Tür eine misstrauische und aufgebrachte Tarifkommission auf ihn warten. Er schüttelte den Kopf. Zu viel gearbeitet in letzter Zeit. Seine Nerven waren nicht mehr die besten.

Gerade als er die Tür öffnen wollte, ging sie von selbst auf und seine Mutter erschien.

„Hannes, da bist du ja! Ich wollte dich gerade anrufen."

In dem spärlich ausgeleuchteten Zimmer lag Onkel Eduard in einem viel zu großen Bett. So klein und zerbrechlich hatte Johannes ihn nicht in Erinnerung gehabt. Eduard hatte die Augen geschlossen und atmete schwer. Als die Tür leise ins Schloss rollte, schlug er die Augen auf. Er blickte sich irritiert um, dann blieb sein Blick an Johannes hängen. „Th... Johannes", keuchte er. „Das ist gut."

Es dauerte einen Moment, bis er erneut Atem geschöpft hatte. „Komm näher."

Zögernd gehorchte Johannes. Eduard winkte ihn schwach näher, bis Johannes sich auf die Bettkante seines Onkels setzte. Er fühlte sich unbehaglich. Eduard sah fremd aus – die spärlichen Haare waren verklebt und standen ihm in seltsamen Büscheln vom Kopf ab. Seine Haut wirkte wächsern, als sei er schon tot, und sein Atem roch schlecht.

„Johannes ... dein Großvater war ein großer Mann ..."

„Onkel Eduard, schone dich. Du kannst mir von den alten Zeiten erzählen, wenn es dir besser geht."

Doch Eduard schüttelte den Kopf und griff nach Johannes' Hand. Seine Finger waren knöchern und kalt, und Johannes bemühte sich, seine Hand nicht wegzuziehen.

„Dein Großvater Wilhelm hatte ein großes Geheimnis. Bedeutsam. Für viele Menschen. Du musst es jetzt erfahren."

„Äh – okay?"

Johannes wechselte einen Blick mit seiner Mutter, die ratlos die Achseln zuckte.

„Krieg und Frieden", flüsterte Eduard. „Neunzehneinundfünfzig. Daheim, im Regal im Arbeitszimmer. Du musst es holen."

„Mit Verlaub, Onkel Eduard, aber hätte Mama dir das nicht bringen können? Ich hatte zwei Stunden Anfahrt, nur für ein Buch?"

Eduard schüttelte schwach den Kopf. „Nicht bringen. Du musst es behalten. Es ist wichtig für Stinzig."

Die letzten Worte gingen in einem Hustenanfall unter, so dass Johannes nicht sicher war, ob er richtig verstanden hatte. *Wahrscheinlich höre ich wegen der Tarifauseinandersetzung schon überall Stinzig.* Onkel Eduard ließ ihn los und sank in sein Kissen zurück.

„Schlüssel", flüsterte er heiser und deutete mit einem zittrigen Finger hinüber zum Schrank. Johannes' Mutter sprang auf, holte eine altmodische Reisetasche aus einem der Fächer und kramte darin, bis sie einen Schlüsselbund gefunden hatte. Zögernd nahm Johannes ihn entgegen.

„Ich bin jetzt nicht so die Leseratte", machte er einen letzten Versuch.

Eduard winkte ab. „Du bist ihm so ähnlich, wusstest du das? Deinem Großvater."

„Onkel Eduard …"

Aber der hielt die Augen geschlossen. Nur sein rasselndes Atmen war zu hören.

„Komm", sagte Johannes' Mutter leise. „Lass ihn ausruhen."

Johannes hatte nichts dagegen. Die Uhr tickte, die Kuh musste vom Eis. Er folgte seiner Mutter nach draußen.

„Hast du eine Ahnung, was das sollte?", fragte er. Sie zuckte die Achseln.

„Vielleicht eine besonders wertvolle Ausgabe, die er dir vererben will?"

„Bevor er überhaupt tot ist? Außerdem, warum sollte er mir irgendetwas vererben? Wir kennen uns kaum."

„Geh es besorgen, dann wissen wir vielleicht mehr. Eduard wohnt in Rödelheim, das ist nicht so weit. Wenn du willst, kommst du danach noch bei mir vorbei. Ich könnte uns noch etwas kochen. Ist schon spät, aber für dich würde ich das machen."

„Mutti, ich muss zurück. Ich hab morgen eine wichtige Sitzung der Tarifkommission, das hab ich dir ja am Telefon schon gesagt. Die muss ich noch vorbereiten."

„Dann hol wenigstens das Buch noch ab, wenn du schon für deine Mutter keine Zeit hast. Immer ist alles wichtiger."

„Nein, Mutti, du bist die Wichtigste", sagte er pflichtschuldigst und küsste sie auf die Wange. „Und okay. Wenn dir so viel dran liegt, hole ich das Buch noch. Hast du die Adresse für mich?"

Kurz darauf saß er im Auto und folgte einer Stadtautobahn in Richtung Süden. Der Feierabendverkehr war abgeflaut. Johannes kam zügig voran, trotzdem ärgerte er sich. Der Umweg würde ihn mindestens eine halbe Stunde kosten. Nur weil er ein altes Buch aus einer staubigen Büchersammlung holen sollte. Krieg und Frieden. Wer las denn heute noch solche Schinken?

Nein. Wenn er ehrlich war, fuhr er nach Rödelheim, weil er mal wieder nicht hatte „nein" sagen können. Er musste das dringend lernen.

Die Straße, in der Eduard wohnte, war schmal, nur einbahnig befahrbar und völlig zugeparkt. Johannes suchte die richtige Hausnummer und hielt schließlich vor einem Betonkasten, der die weniger charmanten Seiten der Siebzigerjahre repräsentierte. Er sah sich um. Selbst in die Feuerwehrzufahrt hatte jemand seine Karre gezirkelt. Er hatte doch jetzt keine Zeit, einen Parkplatz zu suchen!

Kurz entschlossen fuhr er so nah an die Reihe der parkenden Autos heran, wie es sein Außenspiegel zuließ. Er aktivierte den Warnblinker, sprang aus dem Auto und rannte zum Haus.

Sechs Parteien, Eduards Name stand ganz unten. Erdgeschoss. Glück gehabt. Johannes sperrte die Haustür auf und tastete nach dem Lichtschalter. Zwei Türen zur Wahl, an der rechten hing ein spektakulär hässliches, getöpfertes Namensschild. Links war richtig.

Die Wohnung empfing ihn mit dem Mief von abgestandener Luft und altem Zigarettenrauch. Johannes warf einen flüchtigen Blick in eine kleine Einbauküche und ein Schlafzimmer mit einem ungemachten Bett. Am Ende des engen Flures fand er das Arbeitszimmer. Es war mit zwei großen Bücherregalen und einem schweren Eichenschreibtisch vollständig ausgefüllt. In aller Eile überflog Johannes die Bücherrücken. Dostojewski, die Gesamtausgabe. Karl May. Readers Digest. Ein Brockhaus und deutsche Lyrik von den Anfängen bis zur Moderne in zwanzig Bänden. Billige Taschenbuchromane ohne Ende.

Von draußen ertönte ein Hupen. Johannes zuckte zusammen, eilte dann zum Fenster und riss es auf. Hinter seinem Auto war ein Benz aufgelaufen. Mit einem bisschen Gefühl hätte er an Johannes' Auto vorbei gepasst, aber er zog es wohl vor, zu hupen.

„Sekunde!", rief Johannes, obwohl der Fahrer ihn mutmaßlich nicht hören konnte. Er warf das Fenster zu und eilte wieder zum Regal.

Da. Krieg und Frieden. Was für ein Wälzer. Johannes zog ihn aus dem Regal und klemmte ihn sich unter den Arm. Licht aus, Tür zu, raus aus dem Haus, rein ins Auto. Der Fahrer des Benz war inzwischen ausgestiegen und schimpfte in breitem Hessisch.

„Bin schon weg! Sorry!", rief Johannes, zog die Fahrertür zu und ließ den Motor an. Bis zur nächsten Hauptstraße war der Benz so nah hinter ihm, dass Johannes jeden Moment mit einer Kollision rechnete, dann bog er mit einem letzten wütenden Hupen rechts ab und Johannes folgte endlich den Schildern, die ihn Richtung Autobahn führten.

Was für ein Stress wegen eines Buches!

An der nächsten roten Ampel klaubte er es vom Beifahrersitz und blätterte es durch. Es roch unangenehm nach kaltem Rauch. Sonderlich wertvoll sah es nicht aus, aber da, zwischen den Seiten steckte ein Briefumschlag. Er war nicht verklebt, sondern trug ein altmodisches Siegel aus dunklem Lack, in den jemand sogar einen Siegelring hineingedrückt hatte. Allerdings war das Siegel bereits gebrochen. Johannes nahm das als Einladung, einen Blick auf den Inhalt des Umschlages zu werfen.

Er fand einen altmodischen Briefbogen, dickes Papier mit Wasserzeichen, bedeckt mit einer schwungvollen, altmodischen Handschrift. Er würde mehr Licht und Ruhe brauchen, um das zu entziffern. Unterschrieben war der Brief mit einem kaum leserlichen Namen, der mit einem schwungvollen W begann.

Ein Brief von Großvater Wilhelm an seinen Sohn Eduard, den dieser all die Jahre aufbewahrt hatte? Vielleicht ein Vater-Sohn-Zwist, der Eduard nach all den Jahren immer noch auf der Seele lag?

Er würde bei nächster Gelegenheit Oma Anna fragen. Seit Johannes seinem Großvater beruflich nachfolgte, bedauerte er es umso mehr, ihn nicht kennengelernt zu haben. Der war irgendwann in den Fünfzigerjahren bei einem Autounfall gestorben.

Oma Anna konnte vielleicht ein bisschen Licht in die doch reichlich merkwürdige Angelegenheit bringen. Der letzte Besuch lag auch schon viel zu lange zurück. Er spürte einen Anflug von schlechtem Gewissen. Kein Wunder, bei dem Job.

Hinter ihm hupte jemand. Schon wieder. Die Ampel war grün. Johannes entschuldigte sich, indem er eine Hand an den Rückspiegel hob, warf dann Buch und Brief auf den Beifahrersitz und gab Gas.

Er hatte keine Zeit für Familiengeschichten. Er hatte eine Kuh vom Eis zu kriegen.

Marion blickte ihrem Sohn nach, bevor sie wieder in Eduards Krankenzimmer ging. Hörte das denn nie auf? Immer wieder Wilhelm Trappe und seine Vergangenheit. Sie konnte es nicht mehr hören. Schon ihre Schwiegermutter Anna hatte unter diesem Schatten gelitten. Und jetzt sollte es auch noch Johannes treffen. Ausgeschlossen. Sie schüttelte den Kopf. Nein! Sie würde Johannes schützen, koste es, was es wolle.

Kapitel 4

„Hast du etwas von unserem großen Anführer gehört?",
fragte Gerd Fiebinger über die Schulter.

Das hatte vermutlich lustig klingen sollen, aber Fabian
war nicht zum Lachen. Er fummelte an den Schnür-
senkeln seiner Fußballschuhe. Die Stunde Bewegung
in der Betriebssporthalle hatte ihm gutgetan, aber jetzt
waren die Sorgen wieder da.

„Nein, Johannes hat sich bisher nicht gerührt."

„Langsam muss der Junge mal was liefern", setzte Fiebinger nach.

„Nun gib ihm eine Chance", beschwichtigte Fabian.
„Die Meinel hat sich unmöglich benommen und das war
wirklich nicht vorauszusehen."

„Ach was, ich sage dir, es war einfach ein Fehler,
Trappe zum Tarifsekretär zu machen. Der ist einfach viel
zu jung, und ein großer Name alleine führt die Tarifverhandlungen auch nicht erfolgreich."

„Wir werden ja sehen. Ich jedenfalls glaube, dass er
morgen ein vernünftiges Konzept präsentieren wird, und
dann wird schon alles klappen." Mit diesen Worten ging
Fabian unter die Dusche und hoffte, dass sein Optimis-
mus begründet war.

Zum dritten Mal klappte Johannes den Laptop resigniert
zu, um ihn gleich darauf wieder zu öffnen. Der Cursor
blinkte ihn höhnisch an. Bisher hatte es nur zur Über-

schrift gereicht. Stinzigwerke – Kampagne war dort zu lesen. Darunter gähnende Leere. Eigentlich fiel es ihm leicht, ein paar Stichpunkte aufs Papier zu bringen. Er erkannte dann sofort, ob sie zusammenpassten, weil sie ihm in der gleichen Farbe erschienen. Wenn ein Anstrich störte, fiel er ihm als andersfarbig auf.

„Mach, dass es zusammenpasst."

Plötzlich wieder diese Gedanken leuchtend blau in seinem Kopf. Immer wieder in kritischen Situationen kamen Worte und Erinnerungsbilder hoch, die kurz nach seinem elften Geburtstag entstanden waren.

Ich bin auf dem Heimweg, zu Fuß, weil ich den Bus verpasst habe. Und da ist plötzlich dieser Mann, der mir Angst macht. Er ist so nah.

Das Gefühl, in der winterlichen Dämmerung völlig verlassen zu sein. Die aufziehende Panik mit dem untrüglichen Gefühl der großen Gefahr. *Das werde ich nie vergessen, und auch nicht dieses Gefühl: Ich muss mit dem Mann reden, das ist meine einzige Chance. Mach, dass es zusammenpasst.*

Die guten Worte erscheinen golden oder blau, die schlechten gelb oder braun.

„Ich muss schnell nach Hause, meine Mutter vermisst mich schon." Gelb.

„Hast du auch ein Kind? Wo ist es? Zu Hause? Wie geht es ihm?" Blau und leuchtend golden.

Der Unbekannte zögert. Macht einen Schritt rückwärts. Im gleichen Augenblick geht neben mir eine Haustür auf. Eine Frau mit ihrem Hund erscheint, ein schwarzer Pudel, das Detail habe ich mir gemerkt, und ich sprinte los und schaffe es gerade noch in das Haus, bevor die Tür zufällt.

Es riecht nach gebratenen Zwiebeln. Bei den Briefkästen

bleibe ich stehen und beobachte durch die Glasscheibe, wie der unheimliche Mann langsam weitergeht.

Mein Herz rast. Die Farben verblassen langsam vor meinem inneren Auge. Ich habe etwas entdeckt, etwas ungeheuer Wertvolles. Eine Gabe.

Seitdem hatte er seine Fähigkeit gehütet wie einen Schatz. Er sprach nicht darüber, zeigte nichts, aber er pflege sie und baute sie aus. Im Laufe der Zeit stellte er fest, dass seine Gabe nicht nur beim Sprechen, sondern auch beim Schreiben funktionierte. Und er las alles, was er zu dem Thema finden konnte: Menschen, die Sinneseindrücke verflochten wahrnehmen konnten, wurden Synästheten genannt. Es gab die unterschiedlichsten Ausprägungen – seine bezog sich auf Worte. So waren ihm schon zu Schul- und Studienzeiten schlüssige Konzepte und Gliederungen gelungen, ohne dass er sich je besonders hatte anstrengen müssen. Er war erfolgreich in beinahe jedem Debattierwettbewerb.

Doch in diesem Augenblick blieb alles grau.

Stinzigwerke – Kampagne.

Sollte er ein hartes Vorgehen vorschlagen oder nicht? Wenn er gleich in die Vollen ging und auf die Urabstimmung hinsteuerte, würden ihm die Älteren, die eher auf Ausgleich und Konsens setzten, vielleicht nicht folgen. War er hingegen zu abwartend, verlor er womöglich die sowieso noch nicht sehr ausgeprägte Unterstützung der kämpferischen Mitglieder der Tarifkommission. Hinzu kam, dass Stinzig Geld verlieren würde, wenn jetzt gestreikt wurde – und dieses Geld fehlte dann, wenn es um die Verbesserung von Gehältern und Arbeitsbedingungen ging.

„Umso weniger verstehe ich die Meinel", sagte er laut

ins Halbdunkel. Sie müsste eigentlich vor allem an einer schnellen, geräuschlosen Einigung interessiert sein. Die Forderungen der VGM waren wirklich moderat, selbst wenn er sich in die Arbeitgeberseite hineinversetzte. Und strukturell verlangten sie ja derzeit gar nichts außer dem Einstieg in eine betriebliche Altersversorgung, die es dort aus für ihn unerfindlichen Gründen noch nicht gab. Deshalb hatte er diese Forderung beinahe im Alleingang aufgestellt, als er Tarifsekretär geworden war. Eine gute Sache für die Belegschaft, vom Gesetzgeber gefördert und mit sehr überschaubaren Kosten für den Arbeitgeber verbunden.

Nein. Susanne Meinel musste andere Pläne haben. Sie wollte keine Einigung, und warum nicht, das musste er herausfinden. Und plötzlich erschienen leuchtend blaue Worte vor seinen Augen. Ultimatum, und weiter Spitzen-gespräch. Johannes nickte und begann zu tippen.

Zehn Minuten später klappte er den Laptop zu, müde aber zufrieden.

Als er endlich in sein Bett fiel, zeigte das Display des Smartphones 2:12 Uhr.

KAPITEL 5

Anna Trappe war mal wieder beim Unkrautjäten. Nicht dass es hier Unkraut gegeben hätte, in den tadellos gepflegten Rabatten vor ihrem Haus, aber die alte Dame musste einfach immer etwas zu tun haben. Victoria lehnte ihr Fahrrad gegen die Laterne.

„Hallo, Anna! Du bist ja schon wieder fleißig."

Anna richtete sich auf und presste die Hand ins Kreuz. „Ah, Victoria, wie schön. Du weißt ja, wer rastet, der rostet. Komm doch rein!"

Victoria schob das Gartentürchen auf. „So wie ich dich kenne, dürftest du ruhig ein bisschen mehr rasten. Sag, ich gehe gerade einkaufen, soll ich dir etwas mitbringen?"

Anna griff nach Victorias Arm und streckte den Rücken durch.

„Danke, Liebes, ich habe alles. Die Nachbarin hat mir gestern Waschpulver mitgebracht, und zum Metzger und Gemüsehändler gehe ich schon selbst. Aber komm doch rein. Trinken wir eine Tasse Tee zusammen, ja?"

Victoria sah auf die Uhr. „Eine schnelle. Ich bin schon wieder knapp in der Zeit."

Sie ging hinter Anna her zum Haus. Ihre Schuhe ließ sie an der Garderobe und folgte der alten Dame auf Socken in die Küche. Anna wusch sich die Gartenerde von den Händen und füllte den Wasserkocher.

„Führst du immer noch deine Interviews, Liebes? Ich habe in meiner Seniorensportgruppe davon erzählt, und der Fritz wäre interessiert, wenn du noch jemanden brauchst."

„Nein, danke, Anna, die Interviews sind durch. Ich bin ja schon mitten in der Auswertung."

Der Wasserkocher rauschte, und Anna stöberte in ihrem Küchenschrank.

„Kamille oder Ingwer?"

„Ingwer, bitte."

„Der Fritz hat sicher spannende Dinge zu erzählen. Er hat ja die Nachkriegszeit noch mehr erlebt als ich, damals in Würzburg."

„Das, was du mir erzählt hast, war schon spannend genug. Und es ist lieb von Fritz, aber ich kann nicht nochmal zurück zu den Interviews. Ich bin sowieso schon spät dran. Wenn ich mich mit der Auswertung nicht beeile, schaffe ich den Abgabetermin nicht. Und du müsstest meinen Schreibtisch sehen. Da liegen so viele Klausuren drauf, dass ich schon vergessen habe, welche Farbe die Tischplatte hat. Die muss ich auch noch alle korrigieren."

„Du arbeitest wirklich zu viel", sagte Anna mitfühlend. „Und dann nötigt dich eine alte Frau auch noch zum Tee."

Victoria winkte ab. „Lass mal. Ich bin gern hier. Ich habe mir auch mal eine Verschnaufpause verdient."

Anna goss den Tee auf und schob Victoria eine Tasse hin. „Zucker?"

„Ja, bitte."

Victoria rührte in ihrer Tasse. Ihr gegenüber ließ Anna sich auf den Küchenstuhl sinken.

„Was macht denn dieser nette junge Mann, von dem du mir kürzlich das Foto gezeigt hast?", erkundigte sie sich. Ihre Augen, umgeben von unzähligen Fältchen, blitzten schelmisch. „Hat er dich endlich zum Essen eingeladen?"

„Lukas? Nein. Das ist alles eher freundschaftlich. Er hat viel zu tun, ich hab viel zu tun, und am Wochenende fährt er sowieso immer nach Hause. Ich könnte mir vorstellen, dass er dort eine Freundin hat, obwohl er nie eine erwähnt."

„Lass dir nicht zu viel Zeit, Victoria. Nicht dass du immer nur an deinen Beruf denkst, und plötzlich ist es zu spät …"

„Anna!"

Anna grinste und winkte ab. „Ich weiß schon. Heute ist alles anders. Tja, wer hätte das gedacht – da kontaktierst du mich für ein Interview, und ein paar Monate später musst du dir meine Lebensratschläge anhören."

„Ich hätt's nicht gedacht, aber da sieht man mal – Freundschaft kennt kein Alter."

Anna fasste über den Tisch und drückte Victorias Hand.

„Ich bin froh, dass du mich damals angerufen hast. Ich hab so wenig Kontakt zu jungen Menschen, ich hab mich immer geradezu abgestorben gefühlt, bis du kamst."

„Danke, Anna. Mach ich gern." Victoria zögerte. „Du bist ja auch so eine Art Ersatz-Oma für mich. Weißt du, so eine Oma hätte ich als Kind immer gerne gehabt. Zu der ich gehen kann, die sich immer ein bisschen kümmert – die mir Apfelstrudel bäckt und so …"

Anna zwinkerte ihr zu. „Ist das ein Wink mit dem Zaunpfahl? Dann wirst du mir wohl Äpfel vorbeibringen müssen."

„Das lässt sich einrichten."

„Mein verstorbener Mann, der Wilhelm, der war auch so ein Süßschnabel. Er hatte ein Rezept für Marmorkuchen, von seiner Mutter. Den musste ich immer backen. Keinen anderen! Dabei war der so teuer – all die Eier und die viele Butter. Ja, das waren noch Zeiten. Da hat man noch mit Eiern gespart."

Victoria trank einen Schluck Tee. Bevor sie Anna gekannt hatte, hatte sie Ingwer nicht gemocht. Inzwischen hatte sie sich daran gewöhnt.

„Weißt du, was mir auffällt, Anna? Du sprichst häufig von deinem Mann. Obwohl er schon so lange tot ist."

„Fast sechzig Jahre", sagte Anna und seufzte. „Und so plötzlich. Das waren schwere Zeiten damals. Als Witwe mit dem kleinen Kind."

„Und du hast nie wieder geheiratet?"

Anna lächelte traurig. „Weißt du, wenn der Richtige einmal da war … Ich wollte keinen anderen. Wir hatten es nicht immer leicht, der Willi und ich. Aber er war ein guter Mann." Ihr Blick verlor sich im Nichts. „Ein Guter", fügte sie leise hinzu. „Trotz allem."

Victoria war versucht, nachzufragen, was dieser letzte Zusatz zu bedeuten hatte, aber sie ließ es bleiben. Sie wollte nicht in die Rolle der Interviewerin fallen, und das Thema betrübte Anna offensichtlich. So erzählte sie lieber von ihrem Alltag an der Uni, bis der Tee kalt war und es Zeit war, zu gehen.

Kapitel 6

„Das ist sicher nicht das, was sich alle unter einer vertrauensvollen Tarifpartnerschaft vorstellen, aber in der gegenwärtigen Lage alternativlos", beendete Johannes den kurzen Vortrag vor seiner Tarifkommission.

„Fang jetzt bloß nicht an, zu reden wie die Kanzlerin. Alternativlos – wenn ich das schon höre", kam es aus der Runde patzig zurück.

„Okay", gab Johannes zurück. „Hat *jemand* einen besseren, konstruktiven Vorschlag, oder bleibt es dabei?"

Er sah reihum jedes Mitglied der Tarifkommission an. Immer Augenkontakt herstellen, auch wenn's schwerfällt, ermahnte er sich selbst. Zuerst nickte Tobias, dann Fiebinger. Schließlich gab es kollektives Einverständnis. Johannes atmete auf. Sie folgen ihm. Zumindest vorerst.

„Wir machen es also wie besprochen", rekapitulierte er. „Wir stellen zunächst ein öffentliches Ultimatum. Bis Ende nächster Woche müssen unsere Forderungen erfüllt werden. Gleichzeitig betonen wir unsere Gesprächsbereitschaft und regen ein Spitzengespräch an. Das bringt die Meinel unter Druck und wir sehen hoffentlich, wie der Vorstand in seiner Gesamtheit zum Tarifkonflikt steht. Auf jeden Fall müssen wir die Basis mobilisieren. Das heißt, sofortige Kommunikation unserer Forderungen auf allen Kanälen, mit Hinweis darauf, wie unverständlich die Geschäftsleitung sich verhält. Wir bespielen interne wie externe Kanäle. Außerdem natürlich direkte

Information und Ansprache der Mitarbeiter. Wenn wir schnell sind, können wir sie überraschen." Johannes kam in Fahrt. Jetzt spürte er, warum er hier war. Er wollte etwas bewegen, für die Menschen im Betrieb kämpfen. Und er fühlte sich dazu in der Lage. Seine Begeisterung steckte die Tarifkommission an. Von Nörgelei und Skepsis keine Spur mehr.

Die Inhalte wurden besprochen und die Aufgaben verteilt. Schon am Nachmittag des gleichen Tages erschien das Ultimatum im Betrieb. In den Frühabendsendungen berichteten die lokalen Medien. Nervös checkte Johannes seine Facebook- und Twitteraccounts, doch Hassreden blieben aus – der Zuspruch war sehr positiv.

Nur die Geschäftsleitung von Stinzig bewahrte eisiges Schweigen. Wir haben sie also überrascht, dachte Johannes zufrieden. Wir haben das Heft des Handelns in der Hand.

Erst jetzt bemerkte er, wie hungrig er war. Er hatte seit dem frühen Morgen durchgearbeitet, unermüdlich die Texte für alle Medien formuliert, organisiert und koordiniert. Er brauchte eine Pause, und sei sie noch so kurz.

Johannes schaute nach seiner Brieftasche, doch die lag nicht auf dem Schreibtisch. Er tastete die Gesäßtaschen seiner Jeans ab. Dort war sie auch nicht. Vermutlich steckte sie noch in seiner Jacke, und die hatte er im Auto liegen. Mist.

Er beeilte sich, in die Tiefgarage zu kommen, gedanklich schon bei der Menüauswahl seines Lieblings-Thai-Imbiss zwei Straßen weiter.

Seine Jacke lag auf dem Beifahrersitz. Ihr Gewicht verriet, dass die Brieftasche darin war. Er hob sie hoch, und etwas, das darunter gelegen hatte, rutschte in den

Fußraum. Krieg und Frieden. Der Brief, der Umschlag mit dem Siegel! Daran hatte er gar nicht mehr gedacht. Er fischte seinen Geldbeutel aus der Jacke und ließ das Kleidungsstück im Auto – der Abend war ungewöhnlich mild. Den Brief faltete er und steckte ihn in die Hosentasche.

Im Thai-Imbiss war wenig los. Er bestellte die Ente, mittelscharf, und eine Cola light. Gegen den Tresen gelehnt, holte er den Brief heraus und begann ihn mühevoll zu entziffern.

Mein lieber Eduard,

hiermit übergebe ich Dir ein geheimes Dokument, das unter bestimmten Umständen für die Belegschaft der Stinzigwerke sehr bedeutsam sein kann. Bitte öffne den beiliegenden Umschlag, wenn es nötig ist, und nutze den Inhalt oder gib ihn in die richtigen Hände. Ich weiß, dass Du Dich für meine Arbeit wenig interessierst; im vorliegenden Fall mag das zum Vorteil gereichen, weil man Dir keine Parteilichkeit unterstellen kann. Bleib immer geradlinig und aufrichtig.

Dein Dich liebender Vater Wilhelm

Heidelberg, den 01. Juli 1957

Stinzig. Tatsächlich. Hatte er sich bei Onkel Eduard am Krankenbett doch nicht verhört!

Der Brief bezog sich auf ein weiteres, angeblich geheimes Dokument – wo war das? Warum hatte Eduard dafür gesorgt, dass Johannes nur den Begleitbrief bekam, aber nicht das eigentliche geheime Dokument? Mit Schaudern dachte Johannes an Eduards Bibliothek. Sollte er jedes einzelne Buch durchblättern und nach einem zweiten Umschlag fahnden? Dafür müsste er Urlaub nehmen, und das war ja wohl utopisch.

War das geheime Dokument überhaupt noch relevant? Eduard war Geschichtslehrer gewesen, er hatte keine Ahnung von Gewerkschaftspolitik. Wilhelm war seit mehr als fünfzig Jahren tot. Wahrscheinlich hatte das Dokument nicht mehr als historischen Wert.

Er würde versuchen, bei Eduard selbst die nötige Information zu bekommen. Und Oma Anna befragen, ob sie eine Ahnung hatte, worum es sich dabei handeln konnte. Die hatte er schon längst mal besuchen wollen. Wie immer die Zeit verging!

„Zum Mitnehmen?"

„Äh, wie bitte? Ja, zum Mitnehmen. Besteck brauch ich keins, danke."

Am gleichen Abend wurde Hausmann erneut in Meinels Büro zitiert. Ihm war das ganz recht, er hatte mit der Meinel ohnehin noch ein Hühnchen zu rupfen.

„Jetzt haben wir die Eskalation", sagte er leise, aber sehr betont. Susanne Meinel sah ihn an und hob fragend die rechte Augenbraue.

„Wir müssen jetzt reagieren, uns den Mitarbeitern und dem Betrieb erklären", fuhr Hausmann fort.

„Und was wollen Sie sagen?", fragte Meinel ruhig.

„Na, selbstverständlich müssen wir Bewegung signalisieren. Wir müssen glaubhaft machen, dass wir uns um eine Lösung bemühen."

„Wie kommen Sie darauf, dass wir jetzt zu einer Lösung kommen wollen?", versetzte sie.

„Ich verstehe nicht", sagte Hausmann verwirrt. „Ein Tarifkonflikt mündet früher oder später immer in einer Einigung. Und früher wäre gerade wirklich wichtig. Sie kennen doch unsere Auftragslage. Wenn wir jetzt Lieferausfälle hätten, wäre das eine Katastrophe. Ich habe mir da schon etwas überlegt …"

„Warten Sie", schnitt Meinel ihm das Wort ab. „Bevor wir das erörtern, möchte ich sicherstellen, dass Sie auch die Alternative beleuchtet haben."

„Was meinen Sie?"

„Natürlich können wir den gewöhnlichen Weg gehen. Also Zugeständnisse unsererseits, erneute Verhandlungen, Lösung und so weiter. Bevor wir das tun, möchte ich aber darüber beraten, was passiert, wenn wir das nicht tun. Könnten wir das morgen Vormittag ausführlich besprechen?"

„Wenn wir das nicht tun, eskaliert alles", sagte Hausmann immer noch vollständig verwirrt.

„Genau", sagte Meinel mit einem Lächeln, das Hausmann einen unbehaglichen Schauer über den Rücken jagte.

„Morgen Vormittag um zehn Uhr", sagte Meinel. „Und bitten Sie Frau Mühring dazu. Der Kommunikationsbereich sollte genau wissen, was passiert."

„Aber Tarifpolitik gehört nicht in die Öffentlichkeit", sagte Hausmann ratlos. „Das war immer schon so."

Er verstand die Welt nicht mehr. Eine bewusste Eskalation in Kauf zu nehmen und dazu noch die Tarifpolitik mit der Verantwortlichen für die Öffentlichkeitsarbeit beraten?

„Morgen zehn Uhr", sagte Meinel in einem Ton, der unzweifelhaft klarmachte, dass diese Audienz beendet war.

„Und bis morgen dann keine Reaktion?" fragte er trotzdem. „Nichts?"

„Nichts zu niemandem", sagte Meinel und begann, in Papieren zu blättern.

„Wie Sie wünschen", sagte Hausmann und hoffte seinerseits, dass Meinel aus seinem Tonfall sein Missfallen schließen konnte – doch wenn sie es tat, ließ sie sich nichts anmerken.

Hausmann verließ Meinels Büro. Er war mit seinem Latein am Ende.

Susanne Meinel war zufrieden. Wenn sie die beiden Alternativen auf dem Tisch hatte, konnte sie sich noch einmal rückversichern, wie das mit dem Bewegungsspielraum gemeint war und ob ihr Auftraggeber die harte Linie auch beibehalten wollte, wenn ein empfindlicher wirtschaftlicher Schaden für die Stinzigwerke im Raum stand.

KAPITEL 7

Der Sitzungsraum der VGM leerte sich zügig. Johannes schaute zum hundertsten Mal auf sein Handy.

„Immer noch keine Reaktion?", fragte Fabian.

„Wenn es eine gegeben hätte, wüsstest du es ja wohl", gab Johannes zurück.

„Sehr witzig, Herr Tarifsekretär", keilte Fabian zurück. „Vielleicht kommuniziert die Dame ja nur mit dir persönlich. Von Handy zu Handy."

„Dazu müssten wir erst einmal die Nummer austauschen. Wenn die Tarifrunde so weiterläuft, habe ich aber Zweifel, dass wir das je tun werden."

„Nimmst du die Sache nicht ein bisschen auf die leichte Schulter?", mischte sich Fiebinger ein. „Du bleibst halt ein Grünschnabel." Sein Gesichtsausdruck ließ nicht erkennen, wie ernst er seine letzte Bemerkung gemeint hatte.

„Kein Grünschnabel bleibt ewig einer", stellte Johannes lakonisch fest. „Und so wie es in der Gewerkschaft mit Nachwuchs aussieht, können wir froh sein um jeden, der sich das antut."

„Unter der Hand munkelt man immer noch, dass du nur so schnell zum Sekretär wurdest, weil du der Enkel vom alten Willi Trappe bist", sagte Fiebinger gedämpft.

Johannes zuckte die Achseln. „Nicht nur unter der Hand. Aber nun habt ihr mich und ich mache das Beste draus. Ich bin im Übrigen offen für Vorschläge. Wenn jemand etwas Besseres weiß als erst mal nur abzuwarten, immer raus damit."

Er ließ seinen Blick durch den Raum schweifen. Die verbliebenen Mitglieder der Tarifkommission räumten Papiere zusammen und zogen sich ihre Jacken über. Niemand drängte sich mit einer brillanten Idee auf.

„Also verstärken wir unsere Kommunikation, vor allem im Betrieb, und warten. Irgendwann müssen sie reagieren."

„Mir gefällt das nicht", warf Fiebinger nachdenklich ein. „Das habe ich in dreißig Jahren Tarifarbeit noch nie erlebt. Hoffentlich kochen die nichts aus."

„Was sollte das wohl sein?", gab Johannes betont optimistisch zurück. „Irgendetwas, das uns aus der Bahn werfen könnte?"

„Vielleicht wollen sie mit einer anderen Gewerkschaft abschließen?"

„Kann ich mir nicht vorstellen. Darüber müsste es Gerüchte geben, und ich habe wirklich nichts gehört."

Fiebinger seufzte. „Sind wir auf einen echten Arbeitskampf wirklich vorbereitet?"

„Du weißt genau, dass man diese Frage nicht einfach mit Ja oder Nein beantworten kann. Traditionell sind wir stark vertreten bei Stinzig, aber wann hat es hier den letzten ernsthaften Arbeitskampf gegeben? In den 80ern? Die wenigsten Mitarbeiter erinnern sich daran überhaupt noch. Glaub mir, ich sehe die Risiken. Ich habe keine Lust auf eine Eskalation. Aber um Frieden zu schließen, braucht es immer zwei."

„Wir werden sehen", sagte Fiebinger.

„So ist es", sagte Johannes und warf einen letzten Blick auf sein Handy.

Die Stimme war bis zur Unkenntlichkeit anonymisiert, aber glasklar zu verstehen. Moderne Technik macht's möglich, dachte Stiller.

„Es geht los. Sie wissen, was Sie zu tun haben?"

„Klar, Mann", antwortete Stiller betont lässig.

„Ich erwarte Ihren Bericht. Die Nummer geht Ihnen auf dem üblichen Weg zu."

„Vergessen Sie die Bezahlung auf dem, ähm, üblichen Weg nicht", sagte Stiller. Die völlige Unpersönlichkeit der Stimme kratzte an seinen Nerven. Er unterdrückte das Bedürfnis, sich nach jedem Wort zu räuspern.

„Ende", sagte die Stimme.

Stiller schüttelte den Kopf. Das war der ungewöhnlichste Auftrag, seit er sich selbstständig gemacht hatte. Die Lage im Sicherheitsgewerbe war nicht rosig: Die Anforderungen stiegen deutlich schneller als die Bezahlung. Doch hier stimmte die Bezahlung. Wenigstens etwas.

Er stieg in seinen schwarzen SUV und fuhr los.

Wie einfach das inzwischen ist, dachte Sven Stinzig. Kleine Apps reichten aus, die Stimme unkenntlich zu modulieren und die Zurückverfolgung des Anrufs praktisch unmöglich zu machen. Natürlich musste man sie sich zunächst beschaffen. Bei solchen Aufgaben halfen ihm heute noch die Kontakte, die er in seiner Zeit im Schweizer Internat geknüpft hatte. Die Kinder alter und reicher Familien aber auch Sprösslinge russischer Oligarchen und chinesischer Industrieller – mit ihnen hatte er Handball gespielt und Latein gepaukt. Viele Freundschaften hatten sich nach dem Abschluss verlaufen, wie das eben so war, aber ein unsichtbares Netzwerk aus Loyalitäten und Gefälligkeiten war bestehen geblieben, und das verband Sven heute noch mit Sergej, der wiederum gute Kontakte zum russischen Sicherheitsapparat unterhielt und allerlei nützliche technische Spielereien beschaffen konnte.

Der Gedankenzug nahm Fahrt auf und ließ sich nicht mehr stoppen.

„Wir haben dich ab Herbst im Internat am Mondscheinsee untergebracht." Mein Vater, kalt und geschäftsmäßig. „Dort wirst du eine angemessene Ausbildung erhalten."

„Papa, nein, bitte nicht. Das ist so weit weg. Ich streng mich auch mehr an in der Schule, versprochen."

„Keine Diskussion."

Meine Mutter, still und eingeschüchtert, lässt mich im Stich. Opa Karl hat noch versucht, mit Vater zu reden, hat ihn aber nicht überzeugen können. So bin ich dann also abgereist, todunglücklich, mit dem festen Vorsatz, es Vater zu zeigen – so gute Noten zu schreiben, dass er mich einfach wieder nach Hause holen muss.

Die Noten waren tadellos. Doch Vater hat mich nicht mehr nach Hause geholt. Er hat nicht mal mehr angerufen.

Diese giftige Mischung aus Sehnsucht und Hass. Sven wurde es heute noch schlecht, wenn er darüber nachdachte. Wäre Opa Karl nicht gewesen, wäre sicher alles noch schlimmer gekommen.

Opa Karl war seit Jahren tot, ebenso wie Svens Mutter. Und er, Sven Stinzig, war alleine. Alleine mit der Aufgabe, die Stinzig AG und damit sein Erbe zu retten.

Das permanente Brummen seines Smartphones raubte Johannes den letzten Nerv. Früher hatte er es einfach in den Flugmodus versetzt. Einmal tippen und himmlische Ruhe. Auch das war eine Begleiterscheinung seines neuen Jobs: immer und überall erreichbar zu sein.

Er seufzte und fischte sein Handy vom Couchtisch. Eine Whatsapp von Fabian.

Hast du schon die Internetseite von Stinzig gesehen?

Nope, schrieb er zurück.

Dann mach!

Rasch rief Johannes die Seite der Stinzigwerke auf und wurde sofort fündig. Die Kernaussagen brannten sich sofort in sein Gedächtnis ein.

Die Geschäftsführung sieht sich leider gezwungen, alle von der VGM erhobenen Forderungen zurückzuweisen. Wir blicken auf eine jahrelange vertrauensvolle Zusammenarbeit mit der VGM zurück. Umso härter trifft es uns, die Forderungen aus der Zeitung zu erfahren. Nichts davon war bisher Gegenstand der Verhandlungen, und wir möchten im Interesse aller Mitarbeiterinnen und Mitarbeiter nicht auf eine derart eskalierende Art und Weise verhandeln.

Sollte die VGM sich dazu entscheiden, die bewährte Form der Verhandlung wieder aufzunehmen, begrüßen wir das sehr und stehen für weiterführende Gespräche gerne zur Verfügung. Denn Vertrauen und partnerschaftliche Zusammenarbeit sind die Grundpfeiler unseres Unternehmens seit mehr als 50 Jahren.

Johannes traute seinen Augen kaum. Wenn sie in den vergangenen Wochen etwas getan hatten, dann war das, traditionelle Tarifverhandlungen zu führen. In aller Ruhe, ohne Öffentlichkeit. Und damit natürlich undokumentiert. Was sollte diese Lüge? Zielte das auf ihn? Aber warum? Er sprang in Jeans und Hemd und machte sich auf den Weg ins Gewerkschaftsbüro.

Dort erwartete ihn Fabian schon.

„Was soll das?", fragte der statt einer Begrüßung.

„Ich habe nicht die leiseste Ahnung", antwortete Johannes. „Vielleicht wollen sie Zeit gewinnen oder mir auf den Zahn fühlen?"

Fabian nickte. „Schon möglich. Was machen wir jetzt?"

„Viel bleibt uns nicht. Als erstes erklären wir öffentlich unser Unverständnis und nehmen sofort das Gesprächsangebot an, inklusive einer höchst offiziellen Terminanfrage. Parallel trommeln wir noch einmal unsere Leute zusammen. Vielleicht kann sich jemand einen Reim auf das Verhalten machen."

„Dann los!"

Johannes griff zum Hörer und rief bei Susanne Meinel an.

Kapitel 8

Nach dem Telefonat war Johannes noch verwirrter als zuvor. Immerhin hatte er es geschafft, sich kurz abzuseilen und sich auf den Weg zu Oma Anna zu machen.

Er hatte Meinels Worte noch im Ohr. „Herr Trappe, Sie sind doch ein Mann der Zukunft. Wir werden uns schon zusammenraufen. Mit einem Spitzengespräch lässt sich bestimmt alles klären."

Keine seiner Fragen hatte sie beantwortet. Aus der Meinel wäre auch eine hervorragende Politikerin geworden, so gut wie sie mit vielen Worten wenig sagen konnte.

Er umklammerte das Lenkrad fester. Er verstand diese Frau einfach nicht. Alles geschäftsmäßig, keinerlei Emotionen erkennbar. Sie tat, als hätte es die Gespräche der letzten Monate nicht gegeben. Warum hielt sie ihn und die Gewerkschaft hin?

Übermorgen war das Spitzengespräch anberaumt. Johannes nahm sich vor, dort Antworten zu erhalten. Noch einmal würde er nicht zulassen, dass sich Susanne Meinel seinem Griff entzog. Bis dahin war es sinnlos, sich den Kopf zu zerbrechen. Onkel Eduards geheimnisvoller Brief bot hier eine gute Abwechslung.

Die Ampel schaltete von grün auf gelb. Johannes gab Gas, setzte den Blinker und bog bei dunkelgelb in die Straße seiner Großmutter ein. Hinter ihm sauste ein schwarzer SUV um die Ecke. Der war sicher bei Rot über die Kreuzung gerauscht. Typen wie er mussten erst jemanden überfahren, bevor sie es lernten. Johannes blinkte und parkte zwischen zwei Bäumen. Der SUV brauste auf der schmalen Straße an ihm vorbei.

Oma Anna werkelte mal wieder in ihrem Garten. Als er das Gartentor aufschob, richtete sie sich auf und strahlte ihn an.

„Johannes! Wie schön. Dass man dich auch mal wieder sieht. Wie lange warst du schon nicht mehr hier?"

„Ach, Oma", wollte er abwehren, besann sich dann aber eines Besseren. „Viel zu lange jedenfalls."

„Das will ich meinen! Nun komm erst mal rein. Tasse Ingwertee, wie immer?"

Johannes umfing das vertraute Gefühl seiner Kindheit, kaum dass er die kleine Diele betreten hatte. Warm und anheimelnd, immer mit einer Spur Putzmittel in der Luft. Bei der obligatorischen Tasse Ingwertee erzählte er schließlich von seinem Besuch bei Onkel Eduard.

„Ich weiß, ihr habt nicht das engste Verhältnis – er ist ja nur dein Stiefsohn. Aber …" Johannes holte den Brief heraus und legte ihn auf den Küchentisch. „Ich wollte dich trotzdem fragen, ob du dir darauf einen Reim machen kannst."

Anna entfaltete den Brief. Johannes sah ihr die Überraschung an, als sie die Handschrift ihres verstorbenen Mannes erkannte. Sie strich den Brief mit ihrer faltigen Hand glatt, beinahe liebevoll, setzte sich ihre Brille auf und begann zu lesen.

„Was für ein geheimes Dokument?", fragte sie stirnrunzelnd. „Hast du das auch bekommen?"

„Nein, das ist ja das Erstaunliche. Eduard wollte unbedingt, dass ich diesen Brief bekomme, aber ich habe das Gefühl, das wirklich Wichtige fehlt."

„Warum fragst du ihn nicht selbst?"

„Das würde ich ja, aber es geht ihm so schlecht, dass er nicht telefonieren kann."

Johannes dachte an die drei vergeblichen Anrufe im Krankenhaus. Zuletzt hatte man Eduard sogar beatmet. Es gehörte nicht viel Fantasie dazu, um zu erkennen, dass der Krebs dabei war, zu gewinnen.

„Der arme Eduard", sagte Anna. „Ich meine, nicht dass ich je viel Kontakt zu ihm gehabt hätte, aber man wünscht es doch niemandem, so elendig zu sterben."

„Noch ist er nicht tot", sagte Johannes unbehaglich. Um etwas zu tun zu haben, drehte er den versiegelten Umschlag zwischen den Fingern. Er versuchte zu erkennen, was auf dem Siegelwappen dargestellt war – sehr feine Linien, die mit viel Fantasie ein verschlungenes W und ein T ergeben konnten. Dann fiel ihm etwas Anderes auf – Bleistiftschrift, blass und kaum zu erkennen auf dem nachgedunkelten Papier.

„1315", las er vor. „Was ist das? Eine Telefonnummer?"

„Keine Ahnung", sagte Anna, aber Johannes entging nicht, wie sie ihre Hände ineinander krampfte. „Weißt du, das ist alles schon so lange her. Vielleicht eine Telefonnummer, vielleicht ein Sicherheitscode von einem Schließfach? Man weiß es nicht."

„Hatte Opa Willi ein Schließfach?"

„Wie soll ich mich nach all den Jahren noch daran erinnern, Junge?" Oma Anna schüttelte den Kopf, wie um die Vergangenheit loszuwerden. „Es klingt vielleicht merkwürdig, aber nach dem Unfall habe ich mich nur um das Nötigste gekümmert. Ich hatte einfach anderes zu tun." Es klang beinahe entschuldigend. „Ich habe damals … seinen Schreibtisch einfach abgeräumt", flüsterte sie. „Alles in die alte Truhe und ab nach oben. Ich wollte nach vorne schauen. Etwas aufbauen. Für deinen Vater. Für mich. Ich war ja noch so jung."

„Aber für Eduard nicht? Es war nie im Gespräch, dass du dich um ihn kümmerst?"

„Nein, er war ja bei seiner Mutter, vor Willis Tod schon. Dort hatte er es gut. Das waren wohlhabende Leute. Und ich hatte genug mit deinem Vater zu tun, als junge Witwe. Und berufstätig, das war so unüblich damals. Alle dachten, ich müsse zeitig wieder heiraten, aber ich wollte nicht mehr. Ich wollte dann auf eigenen Füßen stehen."

„Ja, das war bestimmt nicht einfach damals."

„Nein. War es nicht." Oma Anna seufzte, dann hob sie entschlossen den Kopf. „Weißt du was, Johannes? Ich gehe rauf und sehe nach, ob ich irgendetwas finden kann, was mit dem Brief oder den Zahlen zu tun haben könnte. Aber viel Hoffnung habe ich nicht."

„Vielen Dank, Oma. Wer weiß, wen oder was Onkel Eduard wirklich gemeint hat. Schließlich bekommt er eine ganze Menge Morphium." Er zögerte und gab sich dann einen Ruck. „Er würde sich vielleicht freuen, wenn du ihn mal besuchen kommst. Ich würde dich auch fahren."

„Das glaub ich nicht, Hannes." Annas Tonfall verriet, dass es nur zwei Möglichkeiten gab: Entweder sie stritten, oder Johannes ließ das Thema fallen.

„Schon gut. War nur so eine Idee. Ich hab gerade auch mehr als genug zu tun mit den Kaspern bei Stinzig."

„Lass hören." Anna zog den Stuhl näher zu ihm heran. Johannes spürte eine warme Welle der Zuneigung. Das hatte er an seiner Großmutter schon immer geliebt. Ihre ungeteilte Aufmerksamkeit für seine Belange. Und schon war er mitten im aktuellen Tarifkonflikt bei den Stinzig-werken.

Als er nach Hause fuhr, ging die Sonne bereits unter. Anna stand in der Haustür und winkte zum Abschied, bevor sie hastig ihr Telefon zur Hand nahm, um ihre Schwiegertochter anzurufen.

Marion musste wissen, dass Johannes einem Geheim-nis auf der Spur war, das mit Wilhelm zu tun hatte. Und nicht nur mit ihm. Auch mit einer anderen Person.

Philomena Goldbach.

Johannes sperrte gerade seine Wohnungstür auf, als das Smartphone in seiner Tasche vibrierte. Einem grellroten Signal vor seinen Augen folgend und entgegen seiner sonstigen Gewohnheit ließ er den Schlüssel stecken und fischte nach dem Handy. Die Nummer, die das Display anzeigte, kannte er nicht.

„Hallo?"

„Herr Trappe?", hörte er eine weibliche Stimme.

„Ja?"

„Sie müssen sofort zu Ihrer Großmutter kommen. Es ist etwas Schlimmes passiert."

„Aber ich bin doch gerade erst von ihr weg – vor einer halben Stunde oder so. Da ging es ihr prima. Sie müssen mich verwechseln."

„Nur, wenn es einen zweiten Johannes Trappe gibt. Mein Name ist Victoria Konrad, übrigens. Ich kam ge-rade zufällig bei Ihrer Großmutter vorbei. Ich hatte ihr den Tee besorgt, den sie so mag. Hören Sie, ich muss hier helfen. Kommen Sie einfach vorbei, ja?"

„Aber …"

Doch die Frau hatte schon aufgelegt.

„Fuck", fluchte Johannes. „Was ist hier eigentlich los?" Er riss den Schlüssel aus dem Schloss und stürmte die Treppe hinunter, zurück zu seinem Auto.

Schon von weitem fiel ihm auf, dass das Haus seiner Großmutter hell erleuchtet war. Seltsam. So hatte er das Haus noch nie gesehen. Anna achtete immer darauf, Strom zu sparen. Er klingelte mit einem beklommenen Gefühl. Noch nie war er hier angekommen, wenn seine Großmutter ihn nicht erwartet hatte. Die Tür schwang auf und es erschien eine kleine, sehr zierliche junge Frau mit dunklem Wuschelkopf.

„Sind Sie Herr Trappe? Hallo, ich bin Victoria Konrad. Gut, dass Sie endlich da sind."

Sie ließ ihm die Tür offen und ging in Richtung Küche, als würde sie sich hier auskennen. Johannes folgte ihr.

„Was ist passiert? Wo ist meine Großmutter?"

„Der Rettungsdienst hat sie schon mitgenommen." Ihre Stimme war überraschend tief für ihre zierliche Statur und erschien ihm in einem kühlen Königsblau. „Was passiert ist, weiß ich nicht wirklich. Ich kam vorbei, sah Licht, aber Anna machte nicht auf. In dem Alter kann ja immer was sein, also bin ich rein …"

„Sie haben einen Schlüssel?"

Victoria lächelte flüchtig. „Nein, aber ich weiß, wo der Ersatzschlüssel liegt. Jedenfalls habe ich Anna im Obergeschoss gefunden. Sie hatte eine Kopfverletzung und viel Blut verloren. Als ich kam, war sie bewusstlos." Für einen Augenblick kippten ihre Worte ins Dunkelrote. „Ich dachte zuerst … also, ich dachte, sie wäre tot. Ich habe dann den Rettungswagen angerufen und Sie – Ihre Nummer hat Anna an der Pinnwand, bevor Sie fragen – aber der Rettungswagen war schneller da."

„Ich bin gekommen, so schnell ich konnte."

„Das war ja auch kein Vorwurf."

„Sie hatte eine Kopfwunde? Ist sie gestürzt?"

„Ich weiß es nicht. Wollen Sie sehen, wo es passiert ist?"

Johannes nickte. Victoria zeigte zur Treppe, und er ging nach oben. Sie folgte ihm.

„Sie kennen sich eigentlich woher …?", fragte Johannes.

„Durch Zufall", erklärte Victoria. „Ich habe sie für meine Masterarbeit interviewt. Dabei haben wir uns angefreundet und ich besuche sie seither regelmäßig. Hat sie nie von mir erzählt?"

„Ich hatte ehrlich gesagt in letzter Zeit nicht so viel Kontakt. Viel zu tun im Job, und wie das immer so ist. In welchem Krankenhaus liegt sie?"

„In der Uniklinik."

Oben brannte überall Licht. Im Flur zeichnete sich ein grellroter Blutfleck auf dem hellen Teppich ab. Johannes kämpfte gegen das Gefühl, im falschen Film zu sein.

„Hier hat sie gelegen", sagte Victoria überflüssigerweise und zeigte auf die Stelle. „Meinen Sie, es könnte ein Überfall gewesen sein? Wegen der Truhe."

Johannes riss seinen Blick von dem Blutfleck los. Tatsächlich – die Truhe, in der Oma Anna Wilhelms Unterlagen aufbewahrt hatte, stand offen. Johannes blickte hinein. Sie war leer.

„Komisch", murmelte er.

„Ja, nicht wahr?", sagte Victoria hinter ihm. „Was war drin?"

„Erinnerungen an meinen Großvater, glaube ich."

„Nichts, was man stehlen würde, oder? Es sei denn, die Erinnerungen bestünden aus Schmuck und Goldbarren."

„Hat meine Großmutter auf Sie den Eindruck gemacht, dass sie eine Truhe voll Gold besitzt?"

„Eher nicht", gab Victoria zu. „Wollen wir mal sehen, ob sonst etwas fehlt? Wir müssten sonst Anzeige erstatten."

„Ja, gute Idee."

Eine halbe Stunde später stand fest, dass zumindest erkennbar nichts fehlte – abgesehen von dem mutmaßlichen Inhalt der Truhe. Johannes wollte den Deckel zuklappen, doch Victoria bremste ihn.

„Nicht! Falls die Spurensicherung noch kommt."

„Sind Sie Polizistin?"

Victoria schüttelte den Kopf. „Ich studiere Psychologie. Aber Kriminalistik ist ein interessantes Arbeitsfeld."

„Ja, bestimmt. Ich denke, ich fahre jetzt erst einmal ins Krankenhaus. Können Sie hierbleiben und sich um die Polizei kümmern?"

„Klar. Ich hab sie ja auch gefunden. Grüßen Sie sie von mir, ja? Ich bin gespannt, was sie zu erzählen hat."

„Wenn sie etwas erzählen kann", sagte Johannes und bekämpfte ein mulmiges Gefühl.

Er trieb sich eindeutig zu viel in Krankenhäusern herum in letzter Zeit.

KAPITEL 9

Stiller schenkte sich einen zweiten Whisky ein. Langsam löste sich seine Anspannung. Er spürte dem leichten Brennen in der Kehle nach, gefolgt von der angenehmen Wärme in der Magengegend.

Es hatte ewig gedauert, bis der blöde Enkel endlich verschwunden war. Das Gespräch war ganz interessant gewesen, aber das Versteck im Busch hatte Stiller nicht für einen längeren Aufenthalt ausgesucht. Da hätte nur die Nachbarin mit ihrem Dackel kommen müssen, der da immer an den Busch pisste.

Dann war der Enkel endlich abgehauen, und die Alte war sofort ins Obergeschoss geschlurft. Stiller war über das Rosenspalier auf den Balkon zum Nähzimmer und hatte dort das gekippte Fenster aufgehebelt. Bis dahin war alles gut gelaufen. Er hatte eigentlich gar nicht eingreifen wollen – nur beobachten, ob die Alte etwas aus der Truhe nahm. Doch wer hätte auch ahnen können, dass ihre Ohren noch so gut waren.

Wie sie geschrien hatte. Totenbleich war sie geworden. Und zum Glück nicht mehr so gut zu Fuß – sie war über den Teppich gestolpert und hatte sich selbst am Türrahmen ausgeknockt. Immerhin hatte er so den Inhalt der Truhe sichern können. Berge von vergilbtem Papier, Fotos und anderen Kleinigkeiten, die nicht einmal für den Flohmarkt taugten. Er hoffte nur, dass darunter das war, was sein Auftraggeber suchte.

Zum vereinbarten Zeitpunkt wählte er die Nummer, die er per Mail erhalten hatte. Sicher führte sie zu einem Prepaid-Handy, so wie der Mailserver vermutlich nicht ohne weiteres zurückzuverfolgen war. Er hatte es gar nicht erst versucht. Schließlich bezahlte ihn sein Auftraggeber gut für Diskretion in jeder Hinsicht.

„Waren Sie erfolgreich?", scholl es metallisch statt einer Begrüßung aus dem Lautsprecher.

Stiller räusperte sich. „Ich habe, ähm, eine große Menge Material gesichert und ich hoffe, das Gesuchte ist dabei. Ähm. Wann kann ich es zu Ihnen bringen?"

„Ausgezeichnet", kam es zurück. „Verpacken Sie alles und schicken Sie es an die Adresse, die Ihnen später per Mail zugeht."

„Denken Sie, …"

Klick. Aufgelegt.

Ach was, dachte er missmutig. Hauptsache, die Kohle stimmt.

„Sie können leider nicht zu ihr", beschied ihm die Stationsärztin.

„Warum nicht?", fragte Johannes. „Sie ist schließlich meine Großmutter."

„Sie wird gerade untersucht. Das wird noch dauern. Wir können Sie aber anrufen, wenn Ergebnisse vorliegen. Was wir bisher wissen, ist, dass die Kopfverletzung eher die Folge als der Auslöser war. Alles deutet auf einen Herzinfarkt hin. Daraufhin verlor sie das Bewusstsein und stürzte, wobei sie sich die Kopfverletzung zuzog. Ich will ehrlich zu Ihnen sein – es hat Ihre Großmutter ganz schön erwischt. Mehrere Baustellen gleichzeitig sind in dem Alter keine Kleinigkeit."

„Sie ist aber stabil?"

„Das ist der aktuelle Stand der Dinge. Sie wird sich erholen. Wie vollständig und wie lange es dauert, kann in dem Alter niemand sagen."

„Na großartig", sagte Johannes seufzend. „Was schlagen Sie also vor?"

„Sie können hier heute Abend nichts mehr tun. Bitte kommen Sie einfach morgen wieder, wenn Ihnen das möglich ist. Ansonsten benachrichtigen wir Sie selbstverständlich, wenn sich der Zustand Ihrer Großmutter verändern sollte. Sie sind doch der nächste Angehörige?"

„Ja. Das heißt, ich lasse Ihnen meine Handynummer da?"

Die Ärztin nickte. „Natürlich. Ich leite sie dann an die Station weiter. Auf Wiedersehen."

Er stand einen Moment unschlüssig im kargen Krankenhausflur. Ein ungewöhnlich heftiger Haushaltsunfall. Wenn das mal nicht mit dem blöden Brief zusammenhing.

Sein Handy klingelte. Er ging ran. Victoria.

„Wissen Sie schon was?"

„Nein, sie wird gerade untersucht. Gehirnerschütterung, vielleicht eine Schädelfraktur und wahrscheinlich auch noch ein Herzinfarkt. Sie haben mich gerade weggeschickt. Ich soll morgen wiederkommen. Was ist mit der Polizei?"

„Die ist noch hier. Stellen Sie sich vor, es hat tatsächlich jemand eingebrochen. Das Fenster im Nähzimmer war beschädigt, da ist jemand eingedrungen. Derjenige ist am Rosenspalier raufgeklettert, darauf deuten Spuren hin."

„Während Anna im Haus war? Und dann hat er den Inhalt der Truhe geklaut?"

„Scheint so, ja. Die Polizei sagt, wenn Anna etwas gesehen hat, kann sie Anzeige erstatten. Ich würde zu gerne ihre Version der Geschichte hören."

Johannes zögerte, dann fasste er sich ein Herz.

„Es gibt da einen Brief meines Großvaters. Annas verstorbenem Mann. Mein Onkel hat mir den kürzlich zukommen lassen, und ich habe ihn Anna gezeigt und sie gefragt, ob sie etwas darüber weiß. Ich finde, das ist alles ein bisschen viel des Zufalls und vielleicht auch zu viel für meine Großmutter."

„Das klingt nach einer interessanten Geschichte. Wollen Sie erzählen?"

Ja, stellte Johannes zu seiner eigenen Überraschung fest, das wollte er.

„Sind Sie noch bei Anna zu Hause?", fragte er. „Ich komme vorbei."

Kapitel 10

Annas Wohnzimmer wirkte seltsam leer ohne sie. Auf dem Tischchen neben dem Sofa lag ein Sudoku-Block. Ein Kugelschreiber war zwischen die Seiten geklemmt. Daneben noch eine halb volle Teetasse. Die Angst um Anna schnürte ihm die Luft ab, und er zwang sich, nicht in eine negative Gedankenspirale abzurutschen.

Gerade hatte er mit Victoria zusammen das ganze Haus durchsucht, auf der Suche nach Hinweisen, was die Zahlen bedeuten mochten. Doch wenn es Hinweise gab, waren sie nicht hier zu finden. Das Rätsel blieb ungelöst.

„Verstehe ich richtig", sagte Victoria in seine Gedanken hinein, „Eduard ist nicht Annas Sohn, sondern der Sohn von Wilhelm aus erster Ehe?"

„Genau."

„Hast du den Brief dabei?"

Johannes griff in die Innentasche seiner Jacke und holte das Schriftstück heraus. Er ließ sie den Brief lesen und zeigte ihr dann die feinen Bleistiftzahlen auf dem Umschlag.

„Das ist jedenfalls eine andere Schrift", sagte Victoria nach einiger Zeit. „Siehst du? Vergleich mal die Einsen. Jemand hat das auf dem Umschlag notiert, später vermutlich. Als Gedächtnisstütze? Oder vielleicht hat das eine gar nichts mit dem anderen zu tun?"

„Das hab ich auch schon überlegt", gab Johannes zu.

„Andererseits – dieser Brief war in Begleitung eines wichtigen geheimen Dokumentes. Egal, wo das abgeblieben ist – so etwas lässt man nicht als Schmierzettel neben dem Telefon liegen. Ich denke eher, die Zahlen haben etwas zu bedeuten."

Victoria nickte nachdenklich.

„Sie sind auch sorgfältig notiert. Gut leserlich, parallel zum Rand. Jedenfalls nicht gedankenlos hingeschmiert. Zu schade, dass du deinen Onkel nicht selbst fragen kannst."

„Ich hatte gehofft, du hättest eine Idee", sagte Johannes seufzend.

„Nicht wirklich. Ich kenne Anna noch nicht so lange, und den Rest deiner Familie gar nicht."

„Stimmt. Na dann … vielleicht machen wir für heute mal Schluss. Erst mal warten, was die Polizei herausfindet. Danke für deine Hilfe. Ich will nicht unhöflich sein, aber ich muss dringend ins Bett. Ich bin ziemlich kaputt und die nächsten Tage werden wohl ziemlich anstrengend werden."

„Die Tarifverhandlungen?", fragte sie.

„Ja, genau", antwortete er verblüfft. „Woher weißt du das?"

„Ich lese die Zeitung", sagte sie, wirkte aber ein wenig ertappt dabei.

Seltsam. Was wusste sie noch alles über ihn?

Egal. Er war gestresst und übermüdet und bekam Dinge in den falschen Hals. Es war Zeit, dass er ins Bett kam.

Susanne Meinel sah noch einmal in den Spiegel ihres persönlichen Waschraums. Sogar die rote Haarfarbe, frisch vom Friseur, wirkte müde. Ihr Teint war käsig, die Fältchen um die Augen tiefer als sonst.

Der Druck hinterließ Spuren, erkannte sie.

„Vermassele es nicht", sagte sie zu ihrem Spiegelbild. Sie schnitt ihrem Spiegelbild zum Abschluss eine Grimasse und betrat ihr Büro. Viertel vor neun. Gleich musste …

Da klopfte es auch schon an der Tür.

Werner Hausmanns Unbehagen war in den letzten Tagen nicht gewichen. Im Gegenteil. Er verstand seine Chefin ganz und gar nicht, die Tarifpolitik der Stinzigwerke immer weniger und als Resultat die Welt nicht mehr. Warum nur ging Susanne Meinel so kompromisslos auf Konfrontationskurs?

„Ja?"

Er öffnete die Tür und trat ein. Susanne Meinel stand hinter ihrem ausladenden, runden Besprechungstisch.

„Setzen Sie sich bitte, Herr Hausmann", sagte sie statt einer Begrüßung. „Wir haben nur wenig Zeit. Um neun Uhr kommt schon die Gegenseite."

Gegenseite, echote es in Hausmanns Kopf. Wann hatte man den Tarifpartner jemals so bezeichnet? Das waren Menschen, mit denen man zum Wohl der Firma und der Belegschaft zusammenarbeitete.

„Haben Sie vorbereitet, worum ich Sie gebeten hatte?", fragte Meinel.

„Natürlich", erwiderte Hausmann nach kurzem Zögern. „Wir haben allerdings wenig Erfahrung mit dieser Vorgehensweise."

Meinel kniff die Augen zusammen und runzelte die Stirn. „Ich dachte, Sie seien schon über zwanzig Jahre in der Tarifpolitik?"

Hausmann schluckte. Diese Frage war ein kaum kaschierter Vorwurf. Er entschloss sich trotzdem, noch nicht klein beizugeben. „Selbstverständlich," gab er deshalb so selbstbewusst wie möglich zurück. „Ich habe viel Erfahrung mit konstruktiver Tarifpolitik."

„Wollen Sie damit sagen, meine Tarifpolitik ist nicht konstruktiv?", fragte Meinel scharf.

Hausmann schwieg.

„Auch nach so langer Zeit sollte es Ihnen möglich sein, neue Wege zu gehen, zumal die weit erfolgversprechender sind als das, was Sie bisher getan haben. Und jetzt zeigen Sie mal her."

Johannes und Fabian trafen sich in der Eingangshalle des Verwaltungsgebäudes der Stinzigwerke.

„Hallo Johannes", begrüßte Fabian seinen Gewerkschaftssekretär. „Wo hast du denn die Nacht verbracht?"

Johannes lächelte schief. Offenbar sah man ihm die Ereignisse der letzten beiden Tage an.

„Long story. Dafür haben wir im Moment keine Zeit. Gemeinel erwartet uns schon."

„Dass dir das bloß nicht im Termin rausrutscht. Nur weil wir alle sie so nennen …"

Der bösartige Spitzname hatte sich kürzlich eingebürgert, nachdem der ganzen Tarifkommission klargeworden war, dass sie als neuer Personalvorstand eine deutlich andere Politik verfolgen würde als ihr freundlicher und konzilianter Vorgänger.

„Keine Sorge. Ich bin konzentriert. Jetzt gilt: Ruhige Verhandlungen oder Eskalation."

„Kannst du dir nach den letzten Tagen noch ruhige Verhandlungen vorstellen?", fragte Fabian.

„Man soll die Hoffnung nie aufgeben", gab Johannes zurück, aber er hörte selbst, dass seine Worte alles andere als optimistisch klangen.

„Guten Tag, meine Herren. Nehmen Sie bitte Platz." Susanne Meinel machte eine einladende Geste. Johannes und Fabian ließen sich von ihr auf die Stühle dirigieren, die mit dem Rücken zur Tür standen. Johannes kannte diesen Trick. Eine Tür im Rücken vermittelte ein kleines, aber wirkungsvolles Gefühl der Unsicherheit. Gleichzeitig schien die Sonne durchs Fenster und ihnen in die Augen. Die Meinel zog tatsächlich alle Register.

Hausmann war ebenfalls anwesend, nickte zur Begrüßung und sah alles in allem nicht sehr glücklich aus.

Johannes räusperte sich und sah Meinel erwartungsvoll an. „Sie hatten um dieses Spitzengespräch nachgesucht?"

„Das stimmt", bestätigte diese. „Ich habe Sie zu diesem Gespräch gebeten, um Ihnen mitzuteilen, dass wir auf Basis der bisherigen Überlegungen in keinem Fall zusammenkommen werden."

„Was bedeutet das?", fragte Johannes zurück. Er ließ sich seine Überraschung nicht anmerken. Zum Spitzengespräch zu bitten und direkt und ohne Floskeln jede weitere Verhandlung abwürgen? Das hatte er weder je erlebt noch davon gehört. „Erscheinen Ihnen unsere Forderungen generell zu hoch, oder fällt es Ihnen schwer, mit einzelnen Teilen zu leben?"

„Herr Trappe, Sie missverstehen mich völlig", gab Meinel zurück. „Wir werden in dieser Tarifrunde generell keine Forderungen erfüllen. Zumindest nicht ohne Gegenleistungen. Ihnen und Ihrer Organisation muss klar werden, dass die Stinzigwerke in der Vergangenheit nur um des lieben Friedens willen einer Tarifpolitik zugestimmt haben, die ökonomisch nicht zu rechtfertigen war. Wenn die Stinzigwerke eine Zukunft haben sollen, ist hier eine radikale Kehrtwende notwendig. Gelingt das nicht, bleibt nur die schrittweise Verlagerung."

In Johannes Kopf überschlugen sich die Gedanken. Hatte er richtig gehört? Selbst bei allem Pessimismus hatte er mit einer derartigen Eskalation nicht gerechnet. Oder bluffte sie nur? Er musste Zeit gewinnen. Deshalb versuchte er, seine Antwort betont ruhig zu gestalten. Unterkühlt und abwartend.

„Frau Meinel, bitte erklären Sie mir, wie Sie dazu kommen, mitten in der Tarifrunde eine solche Kehrtwende zu vollziehen. Wie sollte das vermittelbar sein?" Er sah seine Worte und merkte, dass ihm sein Vorhaben nicht ganz gelang. Warme, emotionale Farbtöne mischten sich hinzu.

„Herr Trappe, die Tarifpolitik eines Unternehmens richtet sich immer nach den konkreten wirtschaftlichen Gegebenheiten, nicht nach den Vorstellungen der anderen Seite. Immer dann, wenn die Tarifpolitik sich an Wünschen statt an den Fakten orientierte, haben Unternehmen das bitter gebüßt."

„Bitte entschuldigen Sie, aber das sind doch Statements aus dem Einmaleins für Nachwuchskapitalisten. Das hat nichts mit sozialer Marktwirtschaft und Tarifpartnerschaft zu tun."

„Wenn Sie das so sehen, Herr Trappe, dann können wir das Gespräch ebenso gut hier beenden. Ich denke, es ist alles gesagt. Auf Wiedersehen."

Mit diesen Worten erhob sich Meinel. Johannes und Fabian blickten sich wie die begossenen Pudel an und standen dann zögerlich auf. „Sie hören von uns", brachte Johannes noch heraus, bevor sie das Büro des Personalvorstands verließen.

Noch bevor sie die Tür geschlossen hatten, war Johannes klar, dass Meinel am Ende eine Komödie gespielt hatte. Sie hatte ihn provozieren wollen und er war wie ein Anfänger darauf hereingefallen. Ihre letzten Sätze waren sehr klar gewesen. Klar und einstudiert. Aber warum, fragte er sich. Warum in aller Welt?

Susanne Meinel sah Trappe nach, wie er die Tür zu ihrem Büro schloss. Sie wartete noch einige Sekunden, bevor sie sich Hausmann zuwandte. „Ist jetzt alles wie zuletzt besprochen vorbereitet?"

Hausmann nickte widerwillig. „Ja, Frau Meinel. Alle Texte sind entsprechend verändert und können unverzüglich veröffentlicht werden."

„Ausgezeichnet. Dann los."

Meinel blickte nicht mehr auf, als auch Hausmann ihr Büro verließ. Für ihn musste sie zeitnah einen Nachfolger finden. Aber jetzt waren andere Dinge vordringlicher. Zunächst die Veröffentlichungen zur jetzigen Tarifrunde und danach die Beeinflussung der sicher sofort reagierenden Medien. Doch zunächst hatte sie einen wichtigen Termin, den wichtigsten Termin überhaupt vielleicht, wenn es um ihre Karriere ging.

Eine zarte Stimme meldete sich im Hintergrund ihres Bewusstseins. Entschlossen brachte Meinel sie zum Schweigen.

Aus dem Panoramafenster der Familienvilla verfolgte Sven Stinzig, wie der Firmenwagen vorfuhr. Susanne

Meinel war eingetroffen. Es konnte nicht schaden zu hören, wie die Dinge im Tarifkonflikt standen. Speziell mit einer Person, die Bestandteil dieser Auseinandersetzung war.

Die Beauftragung Stillers dagegen hatte sich bisher als Fehlinvestition erwiesen. Bisher ergab sich nicht der leiseste Hinweis aus den Papieren, die dieser besorgt hatte. Aber genau deswegen agierte er ja doppelt und strikt getrennt. Ein Fehlschlag dieser Operation wäre nicht nur unvorstellbar und bedrohlich, sondern schlicht existenzvernichtend. Die Stinzigwerke standen auf dem Spiel und er hatte den Auftrag, sie vor Schaden zu bewahren. Er, nicht sein Vater. Großvater hatte ihm diese Aufgabe anvertraut, und er war ihr in jeder Hinsicht gewachsen.

Sven Stinzig gab Order, Susanne Meinel in den Salon zu führen.

Kapitel 11

„Das hast du nicht wirklich gemacht, oder?" Gerd Fiebinger fuchtelte mit hochrotem Kopf und einem Blatt Papier in der rechten Hand vor Johannes herum.

„Bitte, Gerd", sagte stattdessen Fabian. „Beruhige dich und hör doch erst einmal zu."

„Ich habe es ja immer gesagt", murrte Fiebinger, setzte sich aber. „Der Jungspund hat sich einwickeln lassen."

„Bitte setzt euch alle hin", sagte Johannes und winkte müde. Es dauerte ein wenig, bis es still geworden war.

„Ich habe weder eine unserer Forderungen relativiert, noch war ich bereit, über Verlagerungspläne oder einen sozialverträglichen Arbeitsplatzabbau zu sprechen. Letzten Endes haben wir überhaupt nicht verhandelt. Inhalte waren gar kein Thema. Wir waren nur dort, um uns die Info vom Abbruch aller Verhandlungen anzuhören."

„Und warum steht das dann in der Pressemeldung von Stinzig?" Fiebinger wedelte erneut mit dem Papier. „Diese Art von Unternehmensnachrichten macht immer der Hausmann. Den kenne ich wirklich gut. Der schreibt nichts, was nicht wahr ist!"

„Ich habe absolut keine Ahnung, was in Herrn Hausmann gefahren ist," antwortete Johannes. „Ich kann nur nochmals betonen, dass die gesamte Meldung von vorne bis hinten gelogen ist."

„Johannes hat Recht", sprang Fabian ihm bei.

„Wenn die jetzt schon erfundene Pressemeldungen

in die Welt setzen, müssen wir dringend etwas unternehmen", schaltete sich Gregor Friedel ein. Johannes nickte ihm dankbar zu. Friedel war VGM-Urgestein und bekannt für seine besonnene Vorgehensweise.

„Was willst du denn unternehmen?", schäumte Fiebinger. „Der Jungspund hat es verbockt! Wir stehen mit dem Rücken zur Wand!"

„Mal langsam", sagte Fabian laut. „Ich saß daneben und habe jedes Wort gehört. Die Pressemitteilung ist frei erfunden. Willst du mir unterstellen, dass ich lüge, Gerd?"

Fiebinger schwieg. An seiner Schläfe pochte eine Ader.

„Arbeitskampf", griff Friedel die unbeantwortete Frage auf. „Viel mehr Möglichkeiten haben wir nicht, da sind wir uns ja wohl einig. Aber es nützt nichts, weiter das Gespräch zu suchen. Wir sehen ja, wohin das führt." Er raschelte mit dem Zeitungsausschnitt.

„Treten wir ihnen in den Arsch!", erscholl es von hinten. „Die sollen uns kennenlernen."

„Langsam, Leute. Langsam", versuchte Johannes zu beschwichtigen, erreichte aber das Gegenteil.

„Du bist dazu wohl zu feige", grätschte Fiebinger dazwischen. „An deiner Stelle wäre ich ein bisschen mutiger, zumal die dich ja offensichtlich verarscht haben!"

Er erntete heftiges Tischklopfen von allen Seiten.

„Okay, ich danke euch für eure Rückmeldungen. Aber wir müssen genau überlegen, was wir machen und wie wir es machen. Wir dürfen uns nicht deren Tempo aufzwingen lassen." Auch Johannes sprach jetzt schnell und laut. „Bisher waren wir auf einen solchen Verlauf der Tarifrunde nicht eingestellt. Vor allem aber stellt sich eine Frage: Warum riskiert die Meinel einen Streik, wo doch die Auftragsbücher voll sind?"

Zwei Stunden später war die Wut einer deutlich spürbaren Depression gewichen. Nicht nur, dass sich niemand den Sinneswandel in der Stinzig-Geschäftsführung erklären konnte. Es dämmerte allen Beteiligten auch langsam, dass es nicht einfach werden würde, die Belegschaft zu mobilisieren – zu sehr waren alle an den friedlichen Umgang miteinander gewöhnt, und die vollkommen anders lautende Kommunikation in den letzten Wochen tat ihr Übriges.

„Das sieht im Moment gar nicht gut aus, Johannes", murmelte Fabian. „Ein Teil der Kommission gibt dir die Schuld für die Entwicklung."

Der nickte geistesabwesend. Er war beschäftigt mit der Frage, warum Susanne Meinel nicht nur log, sondern offenbar auch direkt auf ihn als Verhandlungsführer zielte. Dass sie hinter der ganzen Entwicklung steckte, war ihm nach dem Verlauf des Gesprächs am Vormittag sonnenklar. Außerdem musste er sich Sorgen um sein Standing in der Tarifkommission machen. Schließlich glaubten die Leute zunächst, was sie schwarz auf weiß vor sich sahen. Auch wenn es von der anderen Seite kam. In den letzten beiden Stunden hatte er endgültig jede Illusion verloren, dass sie sich auf einen schärferen Konflikt oder gar einen Arbeitskampf schnell vorbereiten konnten. Er spürte schmerzlich, dass ihm jetzt, bei allem Ehrgeiz, die Erfahrung fehlte. Wie hätte Opa Wilhelm sich verhalten? Er hatte keine Ahnung.

„Johannes, du musst etwas tun, sonst entgleitet uns die Sache hier", zischte Fabian. Johannes hatte überhaupt nicht bemerkt, dass sich immer mehr Augenpaare der Tarifkommission missmutig auf seine Person hefteten.

Er stand wie in Trance auf, straffte sich und begann zu

sprechen. Er fühlte, wie die Worte aus seinem Mund allmählich zu fließen begannen. Er fing mit ein paar golden leuchtenden Sätzen an, die von gegenseitigem Vertrauen und einer erfolgreichen Vergangenheit erzählten. Dann änderte sich die Färbung allmählich ins Rötliche, als er die Lügen und das offensichtlich taktische Verhalten von Susanne Meinel brandmarkte. Er war sicher, dass die Zuhörerschaft seine rot lodernde Wut fühlte. Auf dem Höhepunkt schaffte er die Wende und wechselte zu leuchtendem Blau, als er die Hoffnung mit ihnen teilte, wie dieser Konflikt erfolgreich beendet werden könnte. Am Ende gab es Standing Ovations und die Zuversicht, dass man es gemeinsam schaffen konnte. Völlig erschöpft vertagte Johannes die Tarifkommissionssitzung auf den nächsten Morgen und traf sich anschließend mit Fabian und der VGM-Kommunikationsleiterin Melanie Walther, um einen vernünftigen Plan zu entwerfen.

„Und jetzt?", fragte Fabian, nachdem sie es sich in Melanie Walthers kleinem Büro leidlich bequem gemacht hatten. Statt zu antworten, sah Johannes zu Melanie.

„Wir sind auf diese Veränderung der Arbeitgeberseite überhaupt nicht vorbereitet", stellte diese fest.

Johannes winkte ab. „Erzähl mir etwas Neues, Mel ..."

„Nur weil du schlecht geschlafen hast, musst du mich nicht anpampen!", gab Melanie gereizt zurück.

„Ja, okay, sorry. Nerven liegen blank."

„Kaffee?" bot Melanie versöhnlich an.

„Hatte ich schon. Ungefähr vier Liter. Hat nichts genützt. Also ... Wir müssen unbedingt das Heft des Handelns zurückgewinnen. Wenn wir der Meinel nur hinterherlaufen und uns jedes Mal vorführen lassen, verlieren wir nicht nur unsere Glaubwürdigkeit, sondern vor allem die Zustimmung unserer Leute. Aber wie kriegen wir das hin?"

„Eigentlich bleibt uns doch nur eins", begann Fabian, ließ den Satz dann aber in der Luft hängen und sah zwischen Johannes und Melanie hin und her.

„Wir müssen auf die Meinel zielen", ergänzte Melanie. „So, wie sie es mit Johannes macht."

Johannes verzog das Gesicht. „Ihr wisst, was ich von persönlichen Angriffen halte. Ohne gegenseitigen Respekt keine vernünftige Tarifpolitik."

„Du klingst wie dein Opa. Was hätte der denn gemacht, wenn er so eine harte Nuss hätte knacken müssen?"

Johannes seufzte. „Keine Ahnung. Hab ich mich auch schon gefragt. Ich schätze, zu seiner Zeit war das völlig unvorstellbar."

„Nicht nur zu seiner Zeit", murmelte Fabian. Johannes sah auf und bemerkte, wie blank auch bei seinem sonst stets positiven und gut gelaunten Kollegen die Nerven lagen. Wenn ich bloß etwas Besseres wüsste, dachte er und hoffte auf eine plötzliche Eingebung, die sich aber nicht einstellen wollte. Also fragte er stattdessen: „Die Meinel persönlich angehen – wie stellt ihr euch das genau vor?"

„Ganz einfach." Melanie schnippte mit den Fingern. „Wir googlen sie und schauen, ob wir etwas Verwertbares finden. Etwa Ausbildungslücken, extreme Äußerungen, die Nähe zu schwierigen oder verdächtigen Organisationen."

„Das klingt ja wie die Checkliste der NSA", platzte Johannes heraus. Er kam sich mit einem Mal ziemlich naiv vor.

„Ich bitte dich. Das ist doch nicht einmal das kleine Einmaleins der Politikkommunikation", gab Melanie zurück. „Das lernt man heute in jedem Wahlkampf. Lass mich heute Abend mal stöbern, und ich finde schon etwas. Wir sollten uns morgen früh um sieben treffen, damit wir noch vor der Tarifkommissionssitzung unsere Kommunikation designen können."

„Sollten wir die Strategie nicht zuerst im Plenum diskutieren?", fragte Johannes verblüfft.

„Nur noch vermitteln, mein Lieber."

Melanie setzte sich an ihren PC. Johannes fragte sich, ob er dieser Richtung der Entwicklung wirklich gewachsen war und noch viel mehr, ob er eine solche Entwicklung wirklich wollte.

„Ihre Aktivitäten haben keine greifbaren Resultate erbracht", stellte die unpersönliche Stimme fest.

„Das ist nicht meine Schuld", verteidigte sich Stiller. „Ich habe Ihren Auftrag, ähm, vollständig ausgeführt!"

Die Stimme aus dem Lautsprecher hielt sich nicht mit einer Diskussion auf. „Beobachten Sie Trappe weiter. Für den Fall, dass er Unterlagen aus dem Besitz seines Großvaters zu Tage fördert, werden Sie tätig."

Stiller schluckte und brachte nur ein heiseres „Jawohl" über die Lippen. Wie schaffte dieser Kerl es nur immer, ihn mit diesem geschwollenen Geschwätz einzuschüchtern?

Er wollte noch etwas hinzufügen, aber der andere hatte schon aufgelegt.

Endlich daheim. Johannes streifte sich die Schuhe von den Füßen und ließ sich auf das Sofa sinken. Endlich essen. Den Heimweg hatte er umweht von köstlichen Pizzadüften verbracht, die aus dem Karton quollen und seinen Magen knurren ließen. Er öffnete die Pappschachtel. Chili und extra Käse. Das hatte er sich verdient.

Er wollte gerade den ersten Bissen nehmen, als sein Handy sich meldete. Er erkannte Melanie am voreingestellten Klingelton. Er biss in die Pizza und nahm das Handy ans Ohr.

„Hallo, Mel", sagte er kauend.

„Guten Appetit, Johannes. Ich glaube, ich habe da etwas."

„Schieß los."

„Die Meinel scheint eine ziemlich bewegte Jugend hinter sich zu haben. Ursprünglich stammt sie aus Berlin-Marzahn. Die Eltern sind typische Wendeverlierer. Wurden beide arbeitslos. Die Meinel hat das Abitur erst auf dem zweiten Bildungsweg gemacht."

„Und das hast du alles so schnell aus dem Netz gezogen?", fragte er erstaunt.

„Sagen wir, ich habe die vorhandenen Daten interpretiert", gab sie etwas zögernd zurück. „Aber es kommt noch besser. Da gibt es nämlich auch eine Jugendsünde." Das letzte Wort betonte sie so deutlich, dass ein Farbregen in Johannes' Kopf explodierte. „Sie hatte nämlich damals einen Freund. Also, einen Freund, der ziemlich bekannt ist. Allerdings in den falschen Kreisen."

„Was heißt das?" Johannes war jetzt ganz bei der Sache.

„Ein gewisser Reiner Dischel. Der ist in der rechtsradikalen Szene ziemlich bekannt. Das ganze Programm. Diverse einschlägige Jugendorganisationen, dann NPD. Maßgeblicher Aktivist bei Pegida. Etliche Strafverfahren."

„Die Infos sind alle frei zugänglich?", fragte Johannes erstaunt.

„Eigentlich schon, aber ich habe auch ein paar Freunde, die mir geholfen haben."

„Will ich Details wissen?"

„Nein."

„Und was hast du jetzt vor?" Er ahnte, dass ihm die Antwort nicht gefallen würde.

„Ist das nicht sonnenklar? Wenn das bekannt wird, ist doch für alle deutlich, in welche Ecke die Meinel gehört. Wer mit Radikalen zu tun hat, ist selbst radikal und das passt bestens zu ihrem kompromisslosen Vorgehen. Stinzig hat in den letzten Jahren eine Menge afghanische Flüchtlinge eingestellt. Und, erinnerst du dich? Als diese eine Familie abgeschoben werden sollte – der Vater arbeitet in der Produktion – da hat die Firma sich öffentlich für das Bleiberecht eingesetzt. Ohne sich zu weit aus dem Fenster zu lehnen, könnte man der Meinel unterstellen, dass sie ihrer eigenen Firma schaden will, weil sie mit der Flüchtlingspolitik nicht einverstanden ist. Wer weiß, vielleicht entspricht das sogar der Wahrheit. Wäre doch interessant zu erfahren, wie der Rest der Geschäftsleitung dazu steht."

„Aber dafür haben wir doch keinerlei Anhaltspunkte. Das sind reine Unterstellungen."

„Genauso, wie sie dir unterstellt hat, du hättest die Verhandlungen abgebrochen", sagte Melanie.

„Na ja ...", setzte Johannes zögernd an. Ihm behagte die jetzt eingeschlagene Richtung noch immer nicht.

„Du kannst es dir ja durch den Kopf gehen lassen. Wenn dir etwas Besseres einfällt, lass es mich wissen. Oder wir können auch ohne Idee in die Tarifkommissionssitzung morgen gehen."

„Okay", gab er schließlich nach. „Dann müssen wir jetzt noch mit Fabian eine detaillierte Linie besprechen. Bei dir oder bei mir?"

„Ich komme mit Fabian bei dir vorbei."

„Bringt euch Pizza mit. Meine ist weg, bis ihr hier seid."

Kapitel 12

„Die jetzige Entwicklung ist also kein Zufall", beendete Melanie ihre Ausführungen vor der VGM-Tarifkommission. „Vielmehr belegen unsere Recherchen", sie bedachte Johannes, der neben ihr saß, mit einem Seitenblick, „dass die Meinel offensichtlich seit ihrer Jugend ziemlich auf Krawall gebürstet ist."

„Das ist ja unglaublich", schrie Gerd Fiebinger, wie immer der Erste, der sich aufregte. Aber ihm folgten andere. Der nüchterne Sitzungssaal verwandelte sich in Sekundenschnelle in ein unübersichtliches Durcheinander. Immer lauter redeten alle Teilnehmer durcheinander, Schmähungen gegen Susanne Meinel und ihr „Faschistenpack" wurden laut. *Kein Zweifel,* dachte Johannes, *Mel hat es getroffen. So habe ich die Tarifkommission noch nie erlebt.*

„Wir müssen der Meinel und ihren Kumpanen das Handwerk legen", überschrie jetzt Fiebinger den allgemeinen Tumult. „Lasst uns eine konzertierte Aktion planen." Damit war der Titel für ihre Kampagne geboren. Niemand störte sich daran, dass dieser Begriff einmal vom sozialdemokratischen Superminister Karl Schiller während der ersten substantiellen Wirtschaftskrise der noch jungen Bundesrepublik geprägt worden war. Alle sprachen plötzlich von der „konzertierten Aktion" und meinten eine Kampagne gegen die Personalchefin der Stinzigwerke, Susanne Meinel.

Unglaublich, dachte Johannes, gleichermaßen fasziniert und abgestoßen. Eine eigentlich friedliche und, wie er bisher geglaubt hatte, eher biedere Truppe hatte sich mit wenigen Schlagworten in einen Mob verwandeln lassen.

Johannes befand sich inmitten einer Farbexplosion. Die Worte der Kommission strömten auf ihn ein, schneller als er sie sortieren konnte – schmutziges Oliv, strahlendes Gold, tiefblau, fast weiß, blutrot. Für einen Moment schloss Johannes die Augen, aber das half natürlich nicht. Die Farbpalette der Worte war so widersprüchlich und chaotisch wie sein Inneres.

Es half nichts. Er musste die Welle reiten oder in ihr ertrinken.

Johannes verschaffte sich Gehör, indem er kräftig zwei Mineralwasserflaschen aneinander stieß. Das Geräusch ließ das Stimmengewirr unmittelbar versiegen. „Kollegen! Jetzt gilt: Wir sagen der Öffentlichkeit, mit wem und mit welcher Schweinerei wir es zu tun haben. Und dann wird uns keiner mehr daran hindern, unsere legitimen Interessen durchzusetzen." Johannes wunderte sich selbst über das Pathos in seiner Stimme. Eigentlich war coole, unaufgeregte Sprache sein Ding. Aber jetzt hörte er zustimmende Rufe, untermalt von begeistertem Klopfen. Jetzt gab es kein Zurück mehr. Die Tarifrunde zwischen der VGM und den Stinzigwerken entwickelte sich zu einer Kampagne der VGM gegen Susanne Meinel.

Immerhin sprach nun niemand mehr von einer Mobilisierung zum Streik und schon gar nicht über mögliche Versäumnisse während der laufenden Tarifrunde. Der Trost fühlte sich schal an.

In einer Mischung aus Tatenlosigkeit und Distanz verfolgte Johannes, wie die Kampagne gegen Meinel Gestalt annahm. Melanie war ununterbrochen am Telefon und vereinbarte Gespräche mit den einschlägigen Medien. Widerwillig gestand er sich ein, dass der Gedanke, der Tarifrunde auf diese Weise eine entscheidende Wendung zu geben, ihn trotz allem faszinierte.

„Ich gehe runter ins Café, was zu essen holen." Eigentlich hatte er gar keinen Appetit. Eigentlich wollte er nur Abstand gewinnen. Zum aktuellen Geschehen, zu sich selbst und seinen widerstreitenden Gefühlen. Er wartete deshalb auch keine Antwort ab, schlüpfte nur in seine Jacke und warf die Tür hinter sich zu. Er atmete erst auf, als er endlich das Treppenhaus passiert hatte und ins Freie trat. Das Farbenchaos vor seinem inneren Auge verblasste langsam. Er ging ziellos weiter. Die Straße entlang, in deren Verlängerung die Stinzigwerke lagen.

Das Brummen seines Smartphones riss ihn aus dem wohltuenden Gleichmaß von Laufen und bewusstem, tiefem Atmen. Er griff in seine Jackentasche und fühlte die Vibration, unschlüssig, ob er das störende Stück Technik ans Tageslicht befördern sollte. Wie so oft siegte die Mischung aus Neugierde und der Angst, etwas wirklich Wichtiges zu verpassen.

Johannes blickte auf das blinkende Display. „Victoria", murmelte er. Sie und das Geschehen um seine Großmutter hatte er über den aktuellen Ereignissen fast vergessen. Begleitet von einem grellen Blitz tauchte die Erinnerung an die Ereignisse in Annas Haus wieder auf, gefolgt von düsteren Krankenhausbildern. Er drückte den Button.

„Hi, Victoria."

„Na, du klingst ja wie das blühende Leben. Geht es dir gut?"

„Jedenfalls kein Anwendungsfall für praktische Psychologie", gab er zurück und bemühte sich um ein bisschen Dynamik in der Stimme. „Was gibt's?"

„Die Zahlen", sagte Victoria. „Ich habe noch einmal darüber nachgedacht."

Johannes stutzte. Ich muss mich unbedingt nach Oma erkundigen, schrie es in ihm. Er brachte deshalb nur ein schwaches „Ja, und?" heraus.

„Könnten sie ein Datum sein?"

„Warum nicht?"

„Ich meine, ein Datum mit Bedeutung. Eines, was in deiner Familie wichtig sein könnte. Ein Ereignis. Oder von mir aus auch ein Geburtsdatum."

Victorias Bemerkung brachte in weit entfernten Regionen seines Gehirns etwas in Bewegung. „Ein Geburtsdatum", murmelte er, beinahe zu sich selbst. Dann lauter: „Victoria, hast du gerade Zeit?"

„Äh, klar", stotterte sie verblüfft.

„Cool. Wir treffen uns in … sagen wir, einer Stunde in Annas Haus."

„Hab ich irgendwo unterschrieben, dass du mich herumkommandieren darfst?"

Johannes atmete tief durch. „Entschuldige. Berufsdeformation, fürchte ich. Also, kannst du in einer Stunde bei Annas Haus sein?"

Sie lachte leise. „Wenn du so nett fragst. Ja, das schaffe ich. Bis dann."

Victoria traf zuerst ein. Der Ersatzschlüssel war bei Johannes geblieben, also setzte sie sich auf die Stufen vor der Haustür und wartete.

Die Ereignisse um Anna Trappe hatten ihr stärker zugesetzt, als sie sich selbst eingestehen wollte. Sie hatte nicht aufhören können, über das Zahlenrätsel nachzudenken. Ein Datum erschien ihr bei nur vier Ziffern als die nächstliegende Hypothese. Warum also nicht einfach ein bisschen helfen, auch wenn sie es eigentlich nichts anging?

Ein Auto hielt vor dem Haus. Der Fahrer schob von innen die Beifahrertür auf. Es war Johannes.

„Steig ein. Also – wärst du so nett? Ich hatte unterwegs noch eine andere Idee."

Victoria stand auf und klopfte sich den Mantel ab. „Sagst du mir vielleicht zuerst, wohin wir fahren?"

„Als erstes ins Krankenhaus. Bei mir hat es nämlich dank deines Einfalls klick gemacht."

„Immer wieder schön, wenn der Groschen fällt", gab sie leicht spöttisch zurück. „Du sprichst in Rätseln."

„Genau, ein Rätsel nämlich. Und ich hoffe, dass meine Großmutter uns dabei helfen kann."

Sie stieg ein und schnallte sich an. Johannes fuhr los.

Seit wann sind er und ich denn uns, schoss es Victoria durch den Kopf. Sie musterte ihn verstohlen. Die blonden Locken bildeten einen interessanten Kontrast zu seiner leicht gebräunten Haut und das Profil mit der ausgeprägten Nase und einer energischen Kinnpartie hatte durchaus etwas Klassisches.

„Hoffentlich geht es ihr besser und sie ist überhaupt wach und ansprechbar", unterbrach Johannes die Stille. „Das muss man in ihrem Alter erst einmal wegstecken.

Außerdem wüsste ich sonst nicht, wie ich meine Idee sonst checken soll."

„Hast du keine Infos aus dem Krankenhaus? Ich habe zwischendurch mal angerufen, aber sie wollten mir nichts sagen, weil ich nicht verwandt bin."

„Ich kam nicht dazu. Diese Tarifverhandlungen sind der helle Wahnsinn."

Victoria spürte, wie Johannes sich verschloss. Vermutlich hatte er ein schlechtes Gewissen, dass er sich nicht besser um seine Großmutter gekümmert hatte.

„Was willst du denn jetzt genau checken?", wechselte sie das Thema.

„Es ist nur so eine Ahnung", sagte er. „Aber irgendwie hat es bei dem Thema Geburtstag bei mir geklingelt und die Einzige in der Familie, die wirklich alles weiß – entfernte Verwandte, schon gestorbene Verwandte, das ganze Stammbaum-Zeug und so, ist meine Oma."

Anna Trappe hatte die Augen geschlossen, als Johannes und Victoria ihr Krankenzimmer betraten. Die diensthabende Ärztin hatte sich nur durch das Versprechen erweichen lassen, dass sie nicht lange bleiben würden. Eine Welle des Mitgefühls überkam Victoria. Anna sah so zerbrechlich und bleich aus. Sie wandte sich ab, konnte aber nicht verhindern, dass ihr die Tränen in die Augen stiegen. Johannes versuchte es mit einem vorsichtigen „Oma?"

Anna blinzelte tatsächlich. „Johannes, Victoria …", murmelte sie. „Ihr müsst doch nicht kommen. Ihr habt sicher genug zu tun. Aber wie nett, dass ihr euch kennengelernt habt."

„Ich hab ihn angerufen, nachdem der Rettungsdienst dich abgeholt hatte", erklärte Victoria.

„Was könnte es schon Wichtigeres geben, als dich zu besuchen?", gab Johannes sofort zurück. „Wie geht es dir?"

„Das musst du die Ärzte fragen, Junge. Ich habe jetzt etwas, das nennt sich Stent. Damit werde ich wohl noch eine Weile weiterleben."

„Du hattest einen Herzinfarkt", erklärte Johannes.

„Zum Glück keinen sehr schweren, sagt die Ärztin. Aber warum? Weißt du, dass bei dir eingebrochen wurde?"

„Johannes", ging Victoria erschrocken dazwischen. „Geht's noch unsensibler? Aufregung ist sicher nicht gut!"

„Ich weiß es, keine Sorge", sagte Anna und lächelte schwach. „Ich war ja direkt dabei. Als ich gerade die Truhe ausleeren wollte, stand er plötzlich hinter mir. Ich bin so erschrocken, dass mir das Herz ausgesetzt hat. Aber wer hätte gedacht, dass ich mit meinen Knien so schnell vom Boden hochkomme ... nun, schließlich hat es nichts genützt."

„Weiß die Polizei Bescheid?"

„Natürlich. Die haben einen sehr netten Wachtmeister geschickt, der hier meine Aussage aufgenommen hat. Von ihm weiß ich, dass nichts gestohlen wurde, abgesehen vom Inhalt der Truhe. Ein Glück. Das Tafelsilber meiner Großmutter Margarete ... darum wäre es mir schade gewesen."

Anna versuchte, sich aufzurichten. Victoria sprang ihr bei und stopfte ihr die Kissen im Rücken zurecht.

„Danke, meine Liebe. Könntest du ...?" Anna wies auf den Nachttisch, wo eine Flasche Mineralwasser und ein Glas bereitstanden. Victoria schenkte ein und gab Anna das Glas in die Hand.

„Hast du gesehen, wer der Einbrecher war?", erkundigte

sich Johannes. Anna zuckte mit den Schultern und nahm einen Schluck.

„Groß, sportlich, schwarz gekleidet – wie man sich einen Einbrecher vorstellt. Er trug eine Sonnenbrille und eine Skimaske. Das Einzige, was auffällig war, er hatte so eine seltsame Art, sich mitten im Satz zu räuspern. Das hab ich alles schon der Polizei gesagt. Mal sehen, ob die einen Täter ausfindig machen. Hat jemand sich um das kaputte Fenster gekümmert?"

„Ich", sagte Victoria. „Sobald die Spurensicherung fertig war. Wenn es dir besser geht, musst du nur noch mit der Versicherung telefonieren."

„Danke, meine Liebe." Anna seufzte erleichtert.

„Ich wüsste gerne noch etwas anderes", sagte Johannes. „Diese Zahlen – du erinnerst dich? Die auf dem Umschlag? 1315? Könnte das ein Datum sein? Erster März Neunzehnhundertfünfzehn? Oder ein Sterbetag?"

Anna stellte das Glas auf den Nachttisch. Ein wenig Wasser schwappte heraus.

„Nicht dass ich wüsste", sagte sie. „Ich kenne niemanden, der an diesem Tag Geburtstag hätte."

„Ein Sterbedatum?", hakte Johannes nach. „Hochzeitstag?"

„Nein." Anna wirkte plötzlich angespannt. „Wisst ihr was, Kinder, kommt doch ein andermal wieder. Das Reden strengt mich wirklich sehr an."

Sie drehte den Kopf zur Seite und schloss demonstrativ die Augen.

„Ja, klar", sagte Johannes irritiert. „Machen wir. Bis die Tage dann, Oma."

Auch Victoria verabschiedete sich. Dann folgte sie Johannes nach draußen.

„Anna verschweigt uns etwas", sagte sie leise. „Da bin ich mir ziemlich sicher. Sie weiß, was es mit diesem Datum auf sich hat."

„Kann sein", sagte Johannes nachdenklich. „Andererseits – als ich sie zum ersten Mal darauf ansprach, wollte sie immerhin die Truhe durchsuchen. Würde sie etwas verschweigen wollen, hätte sie das doch gar nicht angeboten."

„Vielleicht hat sie das nur gemacht, damit du das Thema fallen lässt. Ich kenne dich nicht sehr gut, aber ich hab schon den Eindruck, dass du eine gewisse Beharrlichkeit an den Tag legst, wenn du dir etwas in den Kopf gesetzt hast."

„Also, hör mal."

Der Lift kam. Sie ließen einige Besucher und zwei Pfleger mit einem leeren Krankenbett an sich vorbei und stiegen dann ein.

„Wahrscheinlich hast du recht", sagte Johannes, während der Lift sich geräuschlos in Bewegung setzte. „Berufsdeformation, denke ich mal. Fakt ist, dass wir Oma Anna damit nicht länger nerven sollten. Sie muss in Ruhe gesund werden. Ich könnte noch meine Mutter nach dem Datum fragen, aber wenn es etwas ist, was nur mit meiner Oma und der Vergangenheit zu tun hat, wird sie uns auch nicht helfen können. Und Onkel Eduard ist wohl nicht wirklich ansprechbar. Vielleicht bilden wir uns das auch alles nur ein."

„Das kann natürlich sein. Andererseits … einer meiner Kommilitonen betreibt eine Ahnenforschungsseite. Er weiß, wie man auf digitalisierte Urkunden zugreift. Wenn es um Geburtsdaten deiner Familie gehen sollte, könnte ich ihn um eine kleine Recherche bitten."

„Bringt das was?" Johannes klang skeptisch. „Und würde er das tun?"

„Wenn ich ihn nett drum bitte, bestimmt."

Kurz nachdem sie den Krankenhausparkplatz verlassen hatten, fuhr dort ein schwarzer SUV vor.

Anna konnte es nicht fassen. Sie. Schon wieder sie, nach all den Jahren, wie ein Geist, der einfach nicht ins Grab sinken wollte. Der 1. März 1915 war ihr Geburtstag. Philomena Goldbach. Wilhelms erste Frau, von der er sich hatte scheiden lassen, bevor Anna und er sich beim Tanztee begegnet waren. Und obwohl Anna die erste Frau ihres Mannes nie kennengelernt hatte, hatte es sich doch angefühlt wie eine Ehe zu dritt. Er hatte Zeit seines Lebens Kontakt zu ihr gehalten. Anna hatte es gewusst, ohne dass Wilhelm es hatte aussprechen müssen: Hätte Wilhelm sich nicht zur Scheidung gezwungen gesehen, er hätte Philomena nie verlassen.

Und Philomena. Wie konnte sie einem Mann verzeihen, der sie unter Druck hatte fallenlassen? Nur wegen ihrer jüdischen Abstammung?

Anna wusste, dass sie in diesem Punkt vielleicht ungerecht war. Sie selbst hatte verschwommene Erinnerungen an die Hitlerjugend und an einige Bombennächte. Sie war zu jung gewesen, um sich Gewissensfragen stellen zu müssen. Wilhelm hatte es voll erwischt. Und in den folgenden Jahren hatte er Philomena zum unerreichbaren Ideal erhoben. Hatte Anna spüren lassen, dass sie eben nur die zweite Frau war. Die zweite Geige spielte. Selbst die Kinder hatten nie an den Sohn aus erster Ehe, Eduard, heranreichen können.

Philomena war lange tot, aber jetzt schien es Anna, als würde sie wiederauferstehen. Und alle Verletzungen brachen wieder auf. Alte Narben brannten. Was in aller Welt hatte Wilhelm vor Anna verborgen? Was hatte er mit Philomenas Geburtstag verschlüsselt? Eduard jedenfalls hatte auch davon gewusst und geglaubt, dass sie eingeweiht war. Sie nahm sich vor, ihn zu besuchen, um der Wahrheit auf den Grund zu gehen. Wenn sie hier herauskam. Und wenn er dann noch lebte.

Kapitel 13

Oh Shit. Das nennt man wohl eine erfolgreiche Medienkampagne.

Entgeistert starrte Johannes auf die Szenerie, die sich vor dem Bürogebäude bot, in dem die VGM ihren Sitz hatte. Die Bürgersteige waren zugestellt mit Übertragungswagen und sonstigen Fahrzeugen aller denkbaren Medienunternehmen. Johannes kam kaum durch. Es wimmelte nur so von Kameras und Menschen, die sich gerade einrichteten, erste Originaltöne gaben oder versuchten, durch den verstopften Haupteingang in das Gebäude zu gelangen, während gleichzeitig Büromenschen hilflos versuchten, sich durch die Menge an Mikrofonen ins Freie zu drängeln.

„Was ist denn hier los?", sagte Victoria überrascht.

„Keine Ahnung. Das ist krass. Also, ja, wir haben mit einem gewissen Medieninteresse gerechnet nach den letzten Entwicklungen, aber das übertrifft ja wohl alles."

„Vermutlich warten sie alle auf ein Interview mit dem charismatischen Gewerkschaftssekretär."

„Oh. Danke, aber nein danke."

Johannes setzte den Blinker.

„Du wolltest mich hier rauslassen, damit ich meinen Bus erwische", erinnerte Victoria ihn.

„Ich fahr in die Tiefgarage", sagte er. „Die Straße da vorne ist komplett dicht. Nicht dass die uns noch aus dem Auto zerren."

Er übertrieb nur ein bisschen. Er hatte keine Ahnung, wie er sich der Presse gegenüber verhalten sollte – das musste er unbedingt zuerst mit Mel absprechen. Er zirkelte das Auto zwischen Schaulustigen und Journalisten mit Teleskop-Mikrophonen hindurch die Einfahrt hinunter. Als die Schranke sich hinter ihm geschlossen hatte, atmete er auf.

„Muss ich durch den Haupteingang raus?", fragte Victoria. Sie klang ein wenig eingeschüchtert.

„Oder unter der Schranke durch", sagte Johannes und zeigte über die Schulter.

„Einen Hinterausgang hat das Gebäude nicht? Ich will wirklich nicht durch das Gewühl."

„Es gibt einen, aber der ist verschlossen und ich hab den Schlüssel nicht dabei", sagte Johannes. „Wie blöd. Hätte ich dich bloß mal direkt heimgefahren."

„Was soll's", sagte Victoria. „Ich komme einfach kurz mit dir, bis sich die Lage beruhigt hat. Wenn es dich nicht stört?"

Johannes sah sie von der Seite an. Da war ein Hauch von Gold in ihrer Stimme – als wäre ihr der erzwungene Aufenthalt gar nicht so unrecht. Flirtete sie etwa mit ihm? Er musste Mel danach fragen. Die hatte Antennen für so etwas.

„Stört nicht", sagte er. „Komm ruhig mit."

Im VGM-Stockwerk kam ihnen Melanie direkt entgegen.

„Johannes! Unser Teaser hat voll gezündet. Alle wollen mit dir reden. Ein Riesenskandal zeichnet sich ab. Und wir können die ganze Sache jetzt prägen!"

Melanies Worte sprudelten nur so aus ihr heraus. Ihre

Augen leuchteten. Sie war voll in ihrem Element. Gleichzeitig fühlte er, wie Kälte in ihm hochkroch. Ihre Worte waren ihm hellrot erschienen, aber als sie auf ihn trafen, verwandelten sie sich in eisblaue Zapfen. Er räusperte sich.

„Mel, bist du sicher, dass wir das jetzt noch weiter anheizen sollten?"

„Mann, das ist die Chance. Oder willst du etwa gar nicht gewinnen?" Sie hielt sich sofort erschrocken die Hand vor den Mund. Das war ihr erkennbar einfach so herausgerutscht. Aber jetzt war es in der Welt und schlimmer noch. Auch Fabian, der gerade aus dem Gewerkschaftsbüro kam, hatte es gehört. Johannes blickte ihn direkt an und erntete einen skeptischen Blick.

„Das stimmt sicher nicht. Johannes will den Erfolg mehr als jeder andere", hörte er Victoria neben sich sagen.

„Wer sind Sie denn?", fragte Melanie irritiert.

„Entschuldigen Sie bitte. Mein Name ist Victoria Konrad. Ich bin eine enge Freundin der Familie Trappe. Eigentlich wollte ich von hier aus den Bus nehmen, aber ich komme vor lauter Journalisten nicht aus dem Gebäude."

„Was soll ich also deiner Meinung nach tun, Mel?", fragte Johannes, ohne auf das kleine Intermezzo einzugehen.

„Du arbeitest jetzt eine Interviewanfrage nach der anderen ab", erklärte sie. „Ich habe dir eine Liste gemacht."

„Und was soll ich sagen?"

Melanie verdrehte die Augen. „Was schon? Natürlich unsere Geschichte bestätigen. Die Seriosität von Meinel in Frage stellen und damit alle vollkommen blödsinnigen Forderungen von Stinzig." Als er nicht gleich antwortete, schob sie nach: „Dafür habe ich einen Sprechzettel. Am besten kommst du jetzt rein, damit wir dich noch ein bisschen pudern können. Es ist auch eine Menge Fernsehen da."

„Denk immer daran. Alle Hoffnungen der Familie ruhen jetzt auf dir. Du bist für die Zukunft verantwortlich." Die Worte des unsichtbaren, aber wohlbekannten Sprechers verzerrten sich mehr und mehr. Immer tiefer, immer lauter, wie eine zu langsam laufende Bandaufnahme aus früheren Zeiten.

Gleichzeitig setzte ein schrilles Zirpen ein, als wären Millionen Zikaden in direkter Nähe. Gebäude wurden im Nebel sichtbar. Die Stinzigwerke. Als der Dunst sich verzogen hatte, sah er, dass die Gebäude Risse hatten. Putz platzte ab, Fensterscheiben brachen. Erste Ziegel bröckelten.

Plötzlich hob die Stimme wieder an. „Du musst etwas tun. Besorge endlich diesen unseligen Wisch. Bevor es zu spät ist." Die Stimme schwoll weiter an, steigerte sich zu einem ohrenbetäubenden Donner. Die Gebäude zerbrachen wie Eierschalen. Staub wirbelte durch die Luft. Und Sven Sinzig schreckte schweißgebadet hoch.

Sein Atem ging stoßweise. Erst allmählich beruhigte er sich und konnte sich orientieren. Er wischte sich den Schweiß aus dem Gesicht. Schon wieder Opa Karl. Ständig der gleiche Albtraum. Aber in letzter Zeit immer häufiger und intensiver. Er ertappte sich bereits dabei, den Schlaf hinauszuzögern, selbst wenn er todmüde war. Es graute ihm einfach zu sehr vor dem, was unfehlbar kam. Er schüttelte entschieden den Kopf. Das musste aufhören. Sein Plan würde erfolgreich sein.

Draußen zog der frühe Morgen auf. Sven war alles andere als erholt, wusste aber, dass er jetzt nicht mehr einschlafen würde.

Er nahm sein Handy und schaute in den Kalender. Der nächste Kontakt war für zehn Uhr geplant. Sehr gut, dachte er und schwang die Beine aus dem Bett.

KAPITEL 14

Johannes schaute sich erschöpft um. „War es das jetzt?", fragte er. „Bitte sag, dass es das war, Mel."

Er hatte gefühlt der gesamten westlichen Welt ein Interview gegeben. Erstaunt stellte er fest, dass Victoria immer noch da war.

„Und, wie war ich?"

„Ich würde sagen jung, dynamisch, überzeugend? Nein, im Ernst. Mir erschienen Vorbereitung und Auftritt sehr professionell."

„Und fertig für heute", sagte Melanie, die gerade noch einen Kontrollblick auf den Flur warf. „Der letzte Kameramann packt gerade ein."

„Vielen Dank für deine Vorbereitung und dass du mich bis zum letzten Frager begleitet hast. Was sind jetzt unsere nächsten Schritte?"

„Auf der Kommunikationsseite haben wir jetzt erst einmal alles platziert", antwortete Melanie. „Die Webseite ist auch aktuell. Wir sollten jetzt die Reaktionen abwarten und im Zweifel dann nachsteuern."

„Das heißt, wir sind im Moment kommunikativ nur mit Susanne Meinel beschäftigt, nicht mit dem Inhalt der Tarifverhandlungen?"

„Genau. Schließlich haben wir es genauso festgelegt. Und außerdem ist bei der jetzigen Haltung deiner geschätzten Verhandlungspartnerin Bewegung sowieso nicht möglich", antwortete Melanie. Sie griff nach ihrer

Tasse, trank einen Schluck Kaffee, verzog das Gesicht und stellte die Tasse weg.

Sie hat Recht, erkannte Johannes. Wie sollen wir in der Sache Fortschritte machen, wenn der Verhandlungspartner jede echte Diskussion verweigert? Andererseits behagte ihm die persönliche Zuspitzung auf die Vergangenheit von Susanne Meinel immer noch nicht.

„Ich werde mich dann jetzt verabschieden und mal meinen Kontakt anwärmen", brachte sich Victoria in Erinnerung. „Mal sehen, was die Ahnen zu bieten haben", raunte sie Johannes ins Ohr.

„Vielen Dank", erwiderte Johannes fahrig. Dann riss er sich zusammen und rang sich ein Lächeln ab. „Vielen Dank für alles heute. Das war wirklich nicht selbstverständlich."

Sie lächelte, was wirklich hübsch aussah. „Ich hab ja nur Kaffee gekocht. Aber mich beschäftigt schon, warum es in der Geschäftsleitung von Stinzig diesen plötzlichen Sinneswandel gibt."

„Eine sehr gute Frage, auf die wir derzeit keine vernünftige Antwort haben", sagte Johannes müde. „Wir vermuten einen Alleingang von Frau Meinel."

„Und das geht einfach so?", fragte Victoria weiter.

„Das ist kompliziert", wiegelte Johannes ab. „Ich erklär es dir mal, wenn ich nicht dreihundert Interviews gegeben habe."

„Natürlich. Entschuldige. Das war wenig rücksichtsvoll von mir."

„Kein Ding. Wir telefonieren?"

„Machen wir. Erhol dich gut."

Als Johannes sie statt einer Antwort nur aufmerksam musterte, zuckte sie mit den Schultern. „Na ja, sicher nicht so wichtig. Bis dann."

Sie ging, und Johannes sah ihr verwundert nach.

Gut, sie war mit Anna befreundet. Aber ihn, Johannes, hatte sie nur wenige Male getroffen. Ihr Studienfach ließ auch nicht auf ein größeres wirtschaftspolitisches Interesse schließen. Warum fuchste sie sich so in diesen Arbeitskampf rein? Verbarg sie etwas?

Wahrscheinlich sehe ich weiße Mäuse, rief er sich selbst zur Ordnung. *Zu viele Unwahrheiten im Umlauf. Ich darf keinen Verfolgungswahn entwickeln.*

Er brauchte eine Pause. Ganz eindeutig. Die Couch im Pausenraum war nicht so bequem wie seine zu Hause, aber sie war nur ein paar Schritte entfernt.

Er saß noch nicht, da klingelte sein Handy. Sechs Anrufe in Abwesenheit, stellte er fest, als er es zur Hand nahm – eine unbekannte Nummer, gefolgt von fünf Anrufen seiner Mutter.

Verdammt. Es musste etwas passiert sein.

Er ging ran.

„Hallo, Mama. Ich war in einer Pressekonferenz und hab das Handy …"

Sie ließ ihn nicht ausreden. „Johannes, es ist etwas ganz Furchtbares passiert", presste sie atemlos hervor. „Anna hatte schon wieder Herzprobleme."

„Was? Aber sie war vorhin doch ganz in Ordnung? Ich war vorhin bei ihr und …"

„… Und jetzt hatte sie einen neuen Herzanfall. Sie liegt auf der Intensivstation. Sie hatte Besuch, und während der noch drin bei ihr war, ging der Alarm an. Das hat mir die Ärztin erzählt."

„Während wir bei ihr waren, war alles okay", sagte Johannes ratlos. „Was soll das für ein Besucher gewesen sein?"

„Das konnte die Ärztin mir nicht sagen. Ein Mann mittleren Alters gab sich als Freund der Familie aus. Ist aber wahrscheinlich nicht wichtig. Ich meine, es kommt ja niemand an ein Krankenbett und löst einen Herzanfall aus."

„Nein, natürlich nicht. Bist du noch in der Klinik? Ich komme. Halbe Stunde, dann bin ich da."

„Danke, Hannes. Du bist ein Schatz."

Johannes legte auf. Das durfte nicht passiert sein. Wie konnte es passiert sein? Alles war einfach zu viel. Er wollte sich daheim verkriechen und erst wieder rauskommen, wenn dieser Wahnsinn vorbei war.

Er holte seine Jacke und steckte den Kopf in Melanies Büro.

„Ich muss nochmal weg. Ruf mich an, wenn was ist."

„Wohin gehst du?", fragte Melanie überrascht. „Wir müssen noch …"

„Familiärer Notfall, keine Zeit", unterbrach er sie und eilte davon, ehe sie ihn mit Fragen löchern konnte.

Im Auto zwang Johannes sich zur Konzentration.

Der Inhalt der Truhe – Unterlagen von Wilhelm Trappe, die plötzlich verschwunden waren. Ein anonymer Besucher im Krankenhaus. Das konnte alles nur mit Annas Vergangenheit zu tun haben. Genauer gesagt, einem Geheimnis seines Großvaters Wilhelm. *Der legendäre Gewerkschaftsführer*, dachte er und es fühlte sich eher bitter als süß an. Natürlich war er stolz, einen solchen Großvater zu haben, aber schon zu oft war er mit ihm verglichen worden. *Schlimmer noch,* setzte er seine gedankliche Zeitreise fort. *Immer, wenn jemand etwas von mir wollte, berief er sich auf meinen Großvater. Im Schatten eines solchen Vorbilds zu eigener Größe zu wach-*

sen, war eigentlich unmöglich, erkannte er. Warum also hatte er trotzdem den Job bei der VGM angetreten? Er war sicher darüber immer noch nicht vollständig im Klaren. Eigentlich war er kein Romantiker, andererseits …

Johannes unterbrach seiner Gedanken, als er die Krankenhaussilhouette vor sich auftauchen sah. All das musste bis später warten. Jetzt ging es um seine Großmutter. Nichts anderes. *Doch,* korrigierte er sich in Gedanken, als er die Treppe hochstieg. *Das Geheimnis.* Es musste gelüftet werden, schon um des Lebens seiner Großmutter willen.

Johannes und Marion konnten Anna nur schlafend beobachten.

„Wir haben ihr sicherheitshalber etwas zur Beruhigung gegeben", erklärte der diensthabende Stationsarzt. „Es lag eine Verstopfung in einem der Herzkranzgefäße vor. Die haben wir mittels eines Katheders beseitigt. Eine weitere Operation ist aus heutiger Sicht nicht nötig, aber natürlich ist ein zweiter Infarkt so kurz nach dem ersten besorgniserregend. Kurz bevor sie kollabierte, ging ihr Blutdruck durch die Decke. Eine Pflegerin meinte, sie hätte sie schreien hören, war sich aber nicht sicher. Der Besucher, der gerade bei ihr war, meinte, ihm sei nichts aufgefallen."

„Besucher, was für ein Besucher?", fragte Johannes alarmiert. „Victoria und ich waren gerade bei ihr. Da war kein anderer Besucher. Wer sollte das auch sein?"

„Keine Ahnung", sagte der Stationsarzt. „Er kam kurz nach Ihnen. Mann, mittleres Alter, optisch total unauffällig."

Johannes und Marion sahen sich an.

„Die Polizei muss das erfahren", sagte Johannes.

„Oma wird überfallen, erleidet einen Herzinfarkt, wird von einem Fremden im Krankenhaus besucht und bekommt einen zweiten Infarkt? Das kann doch kein Zufall sein."

„Wann können wir mit meiner Schwiegermutter sprechen?", erkundigte sich Marion.

„Dazu kann ich Ihnen im Moment beim besten Willen nichts sagen. Wir müssen zuerst ihren Zustand beurteilen, wenn sie wieder zu sich kommt. Dann sehen wir weiter." Damit wandte sich der Stationsarzt zum Gehen.

„Ich brauche einen Kaffee", sagte Marion. „Wie sieht's mit dir aus?"

„Ja, gute Idee."

In der Cafeteria besorgte Johannes zwei Tassen Cappuccino, während Marion einen Tisch am Fenster belegte. Sie setzten sich einander gegenüber und rührten in ihren Tassen.

„Ich halte es für eine gute Idee, die Polizei zu informieren", sagte Marion schließlich. „Wenn du möchtest, übernehme ich das. Sie können dann hier das Personal befragen. Vielleicht kommt etwas dabei heraus."

„Ja, danke, Mama. Ich bin froh um jeden Handgriff, den ich nicht selbst tun muss."

„So schlimm?"

„Viel schlimmer."

„Du weißt, ich hatte meine Bedenken, als du dich entschlossen hast, in die Fußstapfen deines Großvaters zu treten. Die Belastung ... Lehrer wäre auch ein schöner Beruf für dich gewesen. Und sicher."

„Mama!"

„Ist schon gut." Sie rollte mit den Augen. „Ich weiß schon, du hörst auf niemanden."

Johannes nahm einen großen Schluck von dem lauwarmen Krankenhaus-Cappuccino.

„Ich muss meine eigenen Fehler machen, das hatten wir doch schon oft genug. Es ist nur, Oma Anna hätte sich keinen blöderen Zeitpunkt für all das aussuchen können. Wie verhext – ich hatte noch nie so eine schwierige berufliche Situation. Und dann auch noch das hier."

„Wenn du los willst, geh", sagte Marion. „ich kann meinen Kaffee auch alleine trinken."

Johannes suchte nach Verletztheit in ihren Worten, fand aber nichts. „Hm, wenn es dir nichts ausmacht?"

„Johannes, du musst deiner Verantwortung gerecht werden. Und ich meiner", setzte sie nach einer Pause hinzu. „Wir telefonieren, wenn es etwas Neues gibt."

Johannes verabschiedete sich eilig und mit leicht schlechtem Gewissen.

Vielleicht werde ich wirklich langsam wie mein Großvater, kroch es in seine Gedanken.

Natürlich hatte Johannes gehen müssen. Marion verstand das. Ganz klar, angesichts der aktuellen Tarifverhandlungen. Und dennoch wünschte sie sich nichts mehr, als dass er jetzt bei ihr wäre. Sie hatte ja nur noch ihn. Wenn Anna einmal nicht mehr lebte … Sie erschrak bei diesem Gedanken und setzte sich in Bewegung. Noch einmal nach Anna sehen, bevor sie in ihre einsame Wohnung zurückkehrte. Selbst wenn sie sie nur schlafend beobachten konnte.

In diesen Betten wirkt jeder kleiner, dachte Marion, als sie vor Annas Bett stand. Plötzlich schlug Anna die Augen auf und räusperte sich. „Marion", sage sie überraschend kräftig.

„Anna, was in aller Welt ist passiert?"

„Der Einbrecher war da", murmelte Anna. „Er hat sich eingeschlichen, hat so getan, als wäre er ein normaler Besucher. Ich dachte erst, er hätte sich im Zimmer geirrt. Aber dann hat er angefangen zu reden. Hat nach Hinterlassenschaften von Wilhelm gefragt. Er hat tatsächlich Hinterlassenschaften gesagt. Ob es noch mehr gäbe als die Sachen aus der Truhe. Und er hat sich so komisch geräuspert, daran habe ich ihn erkannt. Ich habe angefangen zu schreien, und da ist er rausgerannt."

„Das musst du alles der Polizei erzählen", sagte Marion und versuchte, ruhig zu wirken. „Hast du etwas von seinem Äußeren gesehen?"

Anna zuckte im Liegen die Schultern. „Kapuzenpulli, Schal, Sonnenbrille. Unrasiert."

„Weißt du, was er genau von dir wollte?"

„Nein, leider." Nach einer Pause fuhr sie fort. „Aber es kann nur mit einer Person zu tun haben."

„Philomena Goldbach", flüsterte Marion.

„Und ich dachte, ich wäre sie endlich los." Anna lachte krächzend. „Aber es reicht offenbar nicht, dass sie tot ist. Sie hört nicht auf, mich zu quälen."

„Reg dich nicht auf, Anna." Marion griff nach Annas faltiger Hand, die kraftlos auf der Bettdecke lag. „Dein Herz. Philomena ist tot. Sie kann dir gar nichts mehr."

„Du musst mir helfen", flüsterte Anna. „Sie will mich umbringen. Mit ihrem Geheimnis."

„Aber um welches Geheimnis geht es?", fragte Marion, die fürchtete, dass Anna in ihrem Zustand Wahngebilde zusammenphantasierte.

„Ich weiß es wirklich nicht. Aber Johannes und Victoria haben mich gestern besucht und nach einem Datum gefragt."

Marion stutzte. Johannes hatte ihr nichts davon erzählt. „Welches Datum?"

„Der 01. März 1915", antwortete Anna nachdrücklich. „Philomenas Geburtstag. Sie haben die Zahlen 1, 3, 1, 5 genannt und gefragt, ob ich mir darunter ein Datum vorstellen kann."

„Hast du es ihnen gesagt?"

„Natürlich nicht." Anna spie ihre Worte förmlich aus. „Ich möchte nicht, dass diese Person etwas mit meiner Familie zu tun hat. Bitte, Marion. Finde heraus, was es mit der Goldbach auf sich hat."

„Anna, ich kann nicht glauben … Sie ist tot. Wie sollte sie …?"

Hinter Marion ging die Tür auf. Eine Pflegerin betrat den Raum. Anna schloss die Augen und drehte das Gesicht zur Wand.

Marion seufzte und verließ das Krankenzimmer.

Eduard. Er hatte mit Johannes getuschelt, bevor er ihn in seine Wohnung geschickt hatte, um das Buch zu holen. War es möglich, dass er Johannes Geheimnisse über seine Mutter anvertraut hatte? Aber warum sprach er dann ausgerechnet mit Johannes?

Was immer da im Schwange war, es war nicht gut.

Marion beschloss, ihre Familie zu schützen. Koste es, was es wolle. Und dafür musste sie den Spuren von Philomena Goldbach folgen.

Kapitel 15

Er saß da wie immer. Seltsam distanziert, als gehörte er nicht in dieses Haus, obwohl er doch hier aufgewachsen war. Wahrscheinlich ist das vor allem meine Schuld, durchzuckte es Martin Stinzig, als er seinen Sohn Sven anschaute. Er spürte seine eigene Reserviertheit, ohne wirklich etwas dagegen tun zu können. Sie hatten einfach nie einen Draht zueinander gefunden.

„Hallo, Martin."

Martin unterdrückte sein Missfallen. Seit Sven dreizehn war, nannte er ihn nur noch beim Vornamen. Seit er ins Internat gekommen war. Als ließe sich so ein familiäres Verhältnis auslöschen.

„Hallo, Sven. Schön, dass du es einrichten konntest. Ich möchte gerne von dir hören, was in unserer Firma vor sich geht."

„Du fragst mich? Du bist doch der Aufsichtsratsvorsitzende." In Svens Stimme klang kaum verhohlener Spott mit.

„Aber ich habe dir die operative Gestaltung überlassen", beharrte Martin. Das würde schwierig werden – Sven war ganz eindeutig auf Krawall gebürstet. Die Zeichen standen auf Konfrontation. Wie so oft, seit Sven aus London zurück war. Und Karl, der unbestrittene Patriarch und Ordnungshüter, war nicht mehr am Leben, um zwischen ihm und Sven zu vermitteln.

„Großvater Karl hat mich mit der operativen Leitung

betraut, nicht dich", erwiderte Sven prompt und Martin musste feststellen, dass das Gespräch genauso verlaufen würde wie all die anderen in den letzten Jahren – mit sich verschärfender Tendenz. Aber heute war alles anders. Sie konnten sich Unstimmigkeiten einfach nicht leisten.

„Sven, lass uns nicht wieder so anfangen", versuchte es Martin also. „Wenn dieser Streik wirklich stattfindet, kann er uns sehr leicht außer Kontrolle geraten, und das kann zum gegenwärtigen Zeitpunkt fatal sein. Um nicht zu sagen, ruinös."

„Ich fange gar nichts an", giftete Sven. „Wie man in den Wald hineinruft."

Martin begann zu kochen und konnte nichts dagegen tun. Sein Sohn war der einzige Mensch, dem es zuverlässig gelang, ihn auf die Palme zu bringen.

„Lass dieses blasierte Geschwätz! Ich will endlich wissen, was es mit den drohenden Streiks auf sich hat. Woher kommt diese unglaubliche Eskalation? Die Auftragsbücher sind voll, wir können uns alles leisten aber keinen Arbeitskampf! Geht das nicht in deinen Kopf rein?"

„Ich kann auch nichts dafür, dass ich hier die Fehler der Vergangenheit ausbügeln muss. Unsere Kosten sind einfach zu hoch und langfristig können wir so nicht überleben. Was nützen Aufträge, wenn wir damit nichts verdienen können? Wir müssen jetzt etwas tun und ich bin froh, dass ich mit Frau Meinel eine Person habe, die dazu in der Lage ist, denn du hast es ja lange Zeit versäumt."

„Wie kannst du es wagen?", stieß Martin hervor.

„Ich muss es sogar wagen", antwortete Sven. Seine Stimme klang verächtlich. „Großvater Karl hat sehr klar erkannt, wer in der Lage ist, die Zukunft unserer Firma zu sichern, und wer eben nicht."

Martin ballte die Fäuste. „Noch habe ich das Sagen. Mein Vater hat dich zum Erben bestimmt, von mir aus, aber ich bin der Vorsitzende vom Aufsichtsrat und von der Eigentümerversammlung, und das werde ich bin zu meinem Grab sein und du kannst nichts dagegen tun!"

„Du kannst mich ja von meinen Pflichten entbinden und die Dinge selbst regeln. Du solltest den Scheiß sowieso ausbaden."

„Das könnte dir so passen." Mühsam brachte Martin seine Wut unter Kontrolle. „Nein. Es gibt weder übergroße Kostenprobleme noch Aufträge, bei denen wir Verlust machen. Du bringst deshalb den Konflikt zu Ende, den du angezettelt hast, und zwar ohne Eskalation."

Plötzlich klopfte es. Gleich darauf öffnete sich die Tür und Mahlmann erschien. „Bitte entschuldigen Sie die Störung. Aber Sie sollten dringend den Fernseher einschalten. Auf beinahe allen Kanälen wird über die Stinzigwerke berichtet."

„Bitte was?"

Statt einer Antwort griff Mahlmann nach der Fernbedienung, schaltete das Nachrichtenprogramm ein und hielt Martin dann die Fernbedienung hin.

„Entschuldigen Sie nochmals die Störung", sagte er. „Aber es ist wirklich wichtig."

„Ich weiß", sagte Martin abgelenkt. „Sie wären sonst niemals so hereingeplatzt."

Mahlmann zog sich zurück. Auf dem Bildschirm war ein Reporter zu sehen, im Hintergrund das Firmengebäude.

„… Es herrschen Aufruhr und Unsicherheit angesichts der unglaublichen Vorwürfe. Beschäftigen die traditionsreichen Stinzigwerke Vorstände aus rechtsradikalen Kreisen?"

Martin wurde schwarz vor Augen. „Was, zum Teufel, geht hier vor?", flüsterte er.

„Ich habe nicht die geringste Ahnung", antwortete Sven und Martin wusste sofort, dass er die Wahrheit sagte.

Zehn Minuten später zeigte Martins Handy piepend den Eingang einer SMS an.

Es gibt etwas zwischen Trappe und Stinzig. Ich bin dran. Victoria.

Marion hatte vergessen, wo sie ihr Auto geparkt hatte.

Orientierungslos drehte sie sich um sich selbst. Der Parkplatz des Krankenhauses war riesig, unübersichtlich und voller Autos. Da hinten, Richtung Tiefgarage …?

Sie setzte sich in Bewegung. Ihre Gedanken kreisten um Anna.

Wie verletzt sie ausgesehen hatte. Klein und hilflos. Gedemütigt. Die immer so starke Anna Trappe, zu der sie aufgeblickt hatte und die ihr gerade in schweren Zeiten immer als Vorbild erschienen war. Anna war für Marion da gewesen, als Richard gestorben war, obwohl sie ja selbst am Verlust ihres Sohnes schwer zu tragen gehabt hatte. Anna hatte Marion gezeigt, dass Trauer ein Leben färbte, aber nicht beendete. Und dass sie für ihr Kind da sein musste. Hannes, der ganz ohne Vater hatte aufwachsen müssen.

Marion suchte in ihrer Handtasche nach einem Taschentuch. Und jetzt liegt sie in der Klinik, mit doppeltem Herzinfarkt und bedroht von einem seltsamen Verbrecher, stellte sie erschüttert fest. Nein, nicht nur das. Gleichzeitig bricht die Tragödie ihres Lebens ein weiteres Mal auf, weil die Bedrohung offenbar mit Philomena Goldbach zu tun hat.

Sie putzte sich die Nase. Das Auto, das sie aufgrund der Dachlinie für ihrs gehalten hatte, war ein fremder Passat. Da hinten – der Kassenautomat. Sie war aus Richtung der Schranke gekommen, um ein Ticket zu lösen. War sie schon altersvergesslich, oder lag es am Stress?

Anna hatte ihr in einem ihrer vielen Gespräche nach dem Tod ihres Mannes einmal davon erzählt: wie sie durch Zufall herausgefunden hatte, dass die erste Frau von Wilhelm noch lebte, wie sie erfahren hatte, dass es einen Sohn aus erster Ehe gab, Eduard, der bei Pflegeeltern in der Schweiz lebte. Und schließlich, was die wahren Gründe für Wilhelms Scheidung gewesen waren: die jüdische Herkunft seiner Frau. Marion hatte damals schon nicht ermessen können, was diese Informationen für Anna bedeutet hatten: Wilhelm, der charismatische Anführer, hatte seine erste Frau im Stich gelassen.

Annas und Wilhelms Ehe war damals beinahe in die Brüche gegangen, da Wilhelm keine Anstalten machte, den Kontakt zu Philomena abzubrechen. Dann geschah der schreckliche Unfall und Wilhelm war von heute auf morgen tot. Marion war sich nicht sicher, ob Anna Philomena Goldbach nicht insgeheim auch die Schuld an dem Unfall gab. In jedem Fall hatte sie sich immer zurückgesetzt gefühlt. Egal, was sie tat, sie blieb aus ihrer Sicht für Wilhelm immer die Nummer zwei. Einfach nie gut genug.

Marion schniefte. Sie war mit diesem Gefühl mehr als vertraut. Nicht gut genug zu sein. Irgendwie nicht dazuzugehören. Als ehemalige Bürgerin der DDR hatte sie das unter Westdeutschen oft genug empfunden. Das Gefühl der Fremdheit war erst ganz allmählich geschwunden und so hatte Annas Tragik bei ihr ein Gefühl der tiefen emotionalen Verbundenheit ausgelöst. Beinahe Schwestern im Geiste, über Generationen hinweg.

Ah! Da war immerhin ihr Auto. Sie konnte sich nicht erinnern, es hier geparkt zu haben, halb auf dem Bordstein, der rechte Kotflügel nur Millimeter von einem Baum entfernt. Diese Aufregung war nicht gut für sie. Sie hörte auf zu funktionieren. Das durfte nicht sein.

Die Polizei würde sich um die näheren Tatumstände im Krankenhaus kümmern und Anna auch bewachen, solange alles ungeklärt war. Ob die ganze Sache mit der Vergangenheit von Wilhelm Trappe und Philomena Goldbach zusammenhing, konnte sie genauso gut selbst herausfinden. Sie wusste auch schon, wo sie anfangen musste.

Jetzt kommt sie endlich, dachte Stiller. Marion Trappe war die letzte Spur, die ihm noch blieb. Sein erneuter Einsatz bei der alten Schachtel hatte nichts gebracht. Im Gegenteil. Sie hatte blitzschnell die richtigen Schlüsse gezogen, und wenn sie nicht starb, hetzte sie ihm garantiert die Polizei auf den Hals. Er war sich zwar sicher, dass Anna ihn nicht sonderlich genau beschreiben konnte, aber er konnte nicht ausschließen, dass er im Krankenhaus nicht anderweitig beobachtet worden war und die Ermittler früher oder später die richtigen Schlüsse daraus zogen. Er hatte zwar mit an Sicherheit grenzender Wahrscheinlichkeit die Kameras vermieden, aber dieser Auftrag entwickelte sich in eine Richtung, die ihm absolut nicht schmeckte.

Marion stieg ein und rangierte in zwölf Zügen aus der

Parklücke. Stiller ließ den Motor an und hängte sich an sie dran.

Sobald er einigermaßen sicher sein konnte, dass Marion seine Verfolgung nicht bemerkte, wählte er die bekannte Nummer des Prepaid-Handys.

„Ja", meldete sich die metallische Stimme sofort.

„Hier Stiller. Ich, ähm, verfolge die Schwiegertochter der Zielperson."

„Warum?", kam barsch die kurze Rückfrage.

„Aus der Zielperson war nichts herauszuholen. Die Schwiegertochter ist, ähm, der letzte Kontakt und damit unsere letzte Spur. Vielleicht hat sie ihr etwas gesagt."

„Gut. Versuchen Sie es. Das ist auch Ihre letzte Chance." Es klickte und die Leitung war tot. Stiller spürte die Unmittelbarkeit der Drohung am ganzen Körper.

Kapitel 16

Der Cursor blinkte beinahe anklagend. Victoria starrte darauf. Die Idee, Ordnung in ihre Gedanken zu bringen, indem sie sie niederschrieb, hatte sich gut angefühlt – bis ihr aufgefallen war, dass sie nicht wusste, wo sie beginnen sollte.

Sie lehnte sich zurück. Rund um sie plätscherten die Gespräche. Am Nachbartisch klappten Studenten ihre Laptops auf. Wirtschaftswissenschaftler, einen davon kannte sie von einer Party. Er fing ihren Blick auf und nickte grüßend zu ihr hinüber. Sie nickte zurück.

Wie schön und erholsam es doch wäre, sich einfach nur aufs Studium konzentrieren zu können. Doch Victoria machte sich Sorgen um Anna. Die alte Dame war ihr wirklich ans Herz gewachsen. Der Kontakt war völlig zufällig entstanden, aus einem Pool an Kontaktadressen heraus. Erst später, als Martin Stinzig den Namen Trappe erwähnt hatte, war ihr aufgefallen, dass es eine Verbindung gab. Und die war offenbar enger als angenommen und gefährlich.

Was steckte hinter dem Überfall auf Anna? Es musste mit etwas zu tun haben, das in der Vergangenheit von Wilhelm Trappe lag. Aber warum kam es jetzt ans Licht? Was war jetzt plötzlich wieder relevant? Was immer es war, es musste mit Johannes Trappe zu tun haben.

Wilhelm Trappe war nach dem Krieg Gewerkschaftssekretär gewesen und hatte die Verhandlungen mit den Stinzigwerken geführt. Genau wie Johannes heute.

Victoria ballte die Fäuste. Sie spürte, dass sie sich emotional viel stärker involvierte, als ihr lieb war. Sie hatte sich in dieser Sache nicht vollständig unter Kontrolle. Die letzte SMS an Martin hätte sie lieber nicht schreiben sollen. Aber nun war es zu spät für Reue.

Sie zuckte zusammen, als Daniel sich auf den freien Platz ihr gegenüber fallen ließ. Er brachte einen Schwall frischer Luft mit und strahlte übers ganze Gesicht.

„Hey, hab ich dich warten lassen? Sorry."

„Alles gut", wehrte sie ab. „Ich war schon früher hier. Bisschen arbeiten." Sie klappte den Laptop zu. „Hast du was gefunden?"

„Immer langsam mit den jungen Pferden. Lass mich doch erst mal ankommen."

„Tut mir leid."

Sie zügelte ihre Ungeduld, wartete, bis er sich einen Tee bestellt hatte, mühte sich durch Smalltalk – das undichte Dach in der Uni-Sporthalle, und die Mensa hatte schon wieder die Preise angehoben, und der wirklich ungünstige Stundenplan dieses Semester. Sie bemühte sich, eine Einladung ins Kino abzulehnen, ohne Daniel zu verletzen, und war froh, als er schließlich seinen Laptop herausholte und aufklappte.

„Pass auf. Zuerst habe ich meine Quellen nach Wilhelm Trappe und Trappe allgemein durchsucht. Es ist ein Glück, dass von den Aufzeichnungen schon so viele digitalisiert sind. Dann habe ich beliebig kombiniert."

„Und?"

„Alles Fehlanzeige. Nichts zu finden."

„Oh." Victoria war enttäuscht. Dann aber sah sie, dass sich ein Grinsen auf Daniels schmales, blasses Gesicht stahl. Victorias innere Anspannung wuchs, aber sie wusste, dass Daniel genau darauf gewartet hatte. Sie hielt sich zurück und ließ ihn seinen Heldenmoment genießen.

„Die Wende brachten erst die alten Lebensversicherungsdaten. Es ist natürlich nicht einfach, da heranzukommen, und streng genommen auch nicht völlig legal ..."

„Keine Einzelheiten, bitte!"

„Ganz wie du willst. Jedenfalls – nachdem ich es einmal ins Zentralsystem geschafft hatte, war es eigentlich ganz einfach. Dort gab es Daten über Wilhelm Trappe und außerdem auch endlich eine dazu passende, sinnvolle Ziffernkombination."

„Welche denn?"

„Die Zahlen passen zu Wilhelm Trappes Frau. Sie sind ihr Geburtsdatum."

„Äh, nein. Anna Trappe hat am 6. Oktober Geburtstag. Das weiß ich genau."

„Ich rede nicht von einer Anna Trappe, sondern von einer Philomena Goldbach."

Daniel drehte ihr den Bildschirm hin. Darauf war ein schlecht abfotografiertes Schriftstück zu sehen, handschriftlich ausgefüllt und für Victoria unleserlich.

„Geburtsdatum ist der 1. März 1915. So alt kann deine Anna ja gar nicht sein."

„Nein", flüsterte Victoria. „Krass. Das wusste ich nicht. Anna ist also Wilhelms zweite Frau. Goldbach – das ist ein jüdischer Name, oder? Fünfzehn geboren – man kann sich ohne viel Fantasie ausmalen, was aus ihr geworden ist."

„Soll ich das recherchieren?", bot Daniel an.

„Würdest du das machen? Mir mal alles zusammenstellen, was über diese Frau herauszufinden ist? Vielleicht hat sie damals ja Glück gehabt. Es haben sich ja welche zeitig nach Israel abgesetzt, soweit ich weiß."

„Mach ich. Du weißt doch, für dich tu ich alles." Er grinste und zwinkerte. Victoria lächelte gequält.

Johannes schaltete den Fernseher aus. Die Meinel-Geschichte hatte sich komplett verselbständigt. Er hatte das Gefühl, einen Schneeball geworfen und eine Lawine ausgelöst zu haben.

Einen mit Steinen gespickten Schneeball, geworfen auf einen Steilhang mit dem Schild „Achtung, Lawinengefahr!".

Johannes schaute in den Kühlschrank. Nichts Genießbares drin. Wann hätte er auch einkaufen gehen sollen? Er nahm sich die Milch und trank direkt aus der Packung.

Er hatte die Gefahr gesehen und sich trotzdem darauf eingelassen.

Der Fernseher schwieg. Johannes griff zum Handy. Es fühlte sich wie ein Zwang an, die Nachrichtenseiten zu aktualisieren. Scharen von Reportern aller Medien waren unterwegs und drehten in Meinels Vergangenheit jeden Stein um. Ehemalige Schulfreunde wurden interviewt. Bilder wurden gezeigt – Meinel mit Achtzigerjahre-Brille und peinlicher Frisur. Woher hatten die solche Bilder?

Es war falsch gewesen, diese Kampagne zu starten. Er stellte sich vor, wie man sein eigenes Privatleben umkrempelte und in der Öffentlichkeit breittrat. Schauderhaft. Er hatte ein Vorgehen gebilligt, das einen anderen Menschen ins Rampenlicht zerrte und förmlich in Stücke riss.

Ein schöner Tarifpartner bist du, adressierte er sich selbst grimmig. Sachliche Auseinandersetzung ohne persönliche Angriffe, ehrlicher Ausgleich der Interessen. Dafür hatte er immer stehen wollen, ganz in Opa Wilhelms Tradition. Diese großen Fußspuren hatte er füllen wollen. Aber schon in der ersten großen Runde hatte er alle Ideale über Bord geworfen.

Wie konnte er die Lawine stoppen? War das überhaupt noch möglich? Gegen die Kräfte der Medien und gegen seine aufgeputschte Tarifkommission, die inzwischen im Betrieb ganze Arbeit geleistet hatte? Der Mobilisierungsgrad lag bei beinahe 100 % und sie wollten endlich losschlagen. Mit einem Streik zeigen, was in ihnen steckte.

Aber es ging längst nicht mehr um tarifpolitische Ziele. Johannes knüllte die leere Milchpackung zusammen und warf sie in den Mülleimer. Nein. Es ging um Emotionen. Wut. Aufregung. Vergeltung. Sicher auch die Lust auf Katastrophentourismus. Dass Zukunft und die eine oder andere Karriere auf dem Spiel standen, interessierte längst niemanden mehr.

Vielleicht musste er sogar selbst zurücktreten, spielte er jetzt auch extreme Varianten durch. Aber für den Moment würde das weder die Kampagne noch das Streikrisiko abschwächen. Er musste es anders versuchen.

Eine WhatsApp-Nachricht unterbrach seine Gedanken.

Die Ahnenforschung war erfolgreich. Volltreffer. Hast du Zeit? LG Victoria

Plötzlich wusste Johannes, was er zu tun hatte.

Per Gruppen-SMS setzte er eine kurzfristige Tarifkommissionssitzung an. Victoria schrieb er zurück: Ich kann ab zehn. Wo?

Anschließend sprang er unter die Dusche und dachte über seine Herangehensweise gegenüber der Tarifkommission nach. Er würde die Eskalation stoppen. Jedenfalls für den Moment.

Kapitel 17

Ein Geräusch. Ja, ganz sicher. Sie hob den Kopf und horchte. Nein, jetzt am anderen Fenster auf der gegenüberliegenden Seite. Waren sie wieder auf das Grundstück vorgedrungen?

Susanne Meinel verfluchte ihre Entscheidung für den freistehenden Bungalow. Bodentiefe Fenster, ein offen angelegter Garten in einer familienfreundlichen Gegend, in der auch Stinzig-Mitarbeiter mit ihren Familien wohnten. Jung, modern, nicht abgehoben. Und leicht zugänglich für jeden, der bereit war, ein Bein über den Zaun zu schwingen.

Susanne fühlte sich, als befände sie sich im Krieg. Das Haus hatte den anstürmenden Armeen von Journalisten nichts entgegenzusetzen.

Jetzt rüttelte zur Abwechslung jemand an den heruntergelassenen Rollläden. Susanne presste ihre Hände gegen die Ohren, um die Geräusche nicht mehr hören zu müssen. Sie stolperte und blieb mit dem Knie am Tisch hängen. Der stechende Schmerz brachte sie zur Besinnung. Unter wild verstreuten Zeitungen suchte sie nach dem Telefon und wählte mit zitternden Fingern die Nummer der Polizei.

„Ich glaube, sie sind wieder auf dem Grundstück!" Vergeblich versuchte sie, ihre Stimme ruhig zu halten. „Bitte kommen Sie. Das ist doch Hausfriedensbruch."

„Sie glauben es nur?", sagte der Polizist am anderen

Ende. „Haben Sie jemanden am Fenster gesehen oder nicht?"

„Ich habe die Rollläden unten. Wenn ich die öffne, fotografieren die doch sofort."

„Allein auf eine Vermutung hin kann ich niemanden bei Ihnen vorbeischicken."

„Aber ich werde belagert! Die ganze Straße ist voll! Die zertrampeln mir den Garten!"

„Woher wollen Sie das wissen, wenn Sie die Rollläden unten haben?"

Susanne schwieg. Ihre Schlagfertigkeit und Durchsetzungskraft waren ihr wie aus dem Gehirn gesaugt.

„Bitte schicken Sie jemanden."

„Sie müssen verstehen, dass es nicht verboten ist, sich auf der Straße vor Ihrem Grundstück aufzuhalten. Und Ihr ... Fall ... hat nun mal das Medieninteresse geweckt. Ich schicke später mal eine Streife vorbei, aber wir können wirklich nicht dreimal am Tag bei Ihnen vorfahren."

„Ich bin kein Fall! All das ist eine üble Intrige! Die VGM ..."

„Machen Sie jetzt bitte die Leitung frei. Auf Wiederhören."

Es knackte. Das Gespräch war beendet.

Sie verfluchte ihre Entscheidung, dem Drängen von Sven Stinzig nachgegeben zu haben. Anfangs hatte ihr die Aufmerksamkeit des jungen Firmenerben durchaus geschmeichelt. Sie, die es geschafft hatte. Von ganz unten. „Sie haben meinen Rückhalt", hatte er ihr versprochen. „Halten Sie sich an die Verabredung, und es wird nicht zu Ihrem Schaden sein." Falsch. Sie hatte sich an die Verabredung gehalten, und nun ließ Sven Stinzig sie im Stich. Nicht einmal den Werksschutz wollte er für ihre Sicherheit abstellen. Den brauche er selber, hatte er ihr kalt erklärt, falls der allgemeine Unwillen sich gegen seine Familie richtete.

„Frau Meinel", wurden ihre Gedanken von einer Stimme unterbrochen, die durch die geschlossenen Läden drang. Sie klang blechern und viel zu laut. Vielleicht hatte der Sprecher ein Megaphon. „Frau Meinel, sind Sie da? Eine Stellungnahme, bitte." Es klang nicht wie eine Bitte. Es war ein Befehl. Noch schlimmer, eine Drohung. Seit Tagen war ihr Haus umringt, rund um die Uhr. Von Fernsehstationen, einzelnen Reportern, Schaulustigen. Sie saß gefangen, wie in einer Mausefalle. Und niemand tat etwas.

Der Fernseher lief ohne Ton. Wieder und wieder flackerten Bilder aus Susannes Vergangenheit über den Bildschirm. Berlin. Die Hochhäuser. Ein schneller Filmschnitt. Grölende Mengen junger Männer, die sich unmittelbar als Mitglieder rechter Organisationen erkennen ließen. Rasante Kamerafahrten, die den rechten Mob zeigten, wie er Parolen skandierte und Steine warf.

Das Telefon klingelte und ließ Susanne zusammenzucken. Am liebsten hätte sie die Verbindung gekappt, aber was, wenn Stinzig anrief?

Sie näherte sich dem Telefon wie einer tickenden Bombe. Eine Berliner Nummer. Mama? Susanne hatte mehrfach versucht, ihre Mutter zu erreichen, aber immer nur eine Blechstimme bekommen, die verkündete, der Anschluss sei nicht erreichbar. Vielleicht hatte ihre Mutter einen neuen Anschluss.

Das Telefon klingelte immer noch nervenzerreißend. Susanne ging ran.

„Hallo?"

„Susi. Hallo! Schön dich zu sprechen. Ich musste gerade an dich denken."

Das war nicht ihre Mutter. Diese Männerstimme klang anders als früher, tiefer und heiser wie nach zwanzig Jahren Kettenrauchen.

„Reiner", flüsterte sie.

„Und weißt du, warum ich an dich denken musste, nach all den Jahren? Weil ich den Fernseher angemacht habe."

„Ich kann nichts dafür, Reiner. Die zerstören mich gerade hier. Die Gewerkschaft … die ziehen da Dinge ans Licht, um mich in Verruf zu bringen."

„Und weißt du, was mir das ist, Kleene? Scheißegal. Was fällt dir ein, denen die ganzen Bilder zu geben?"

„Das hab ich nicht! Wer weiß, woher sie die haben! Vielleicht hatte deine Schwester die noch in der Schublade!"

„Wage es nicht, meine Schwester da mit reinzuziehen, hörste? Mach, dass das aufhört!"

„Glaubst du nicht, das hätte ich längst, wenn ich könnte?" Susanne schluchzte fast.

„Du hast keine Ahnung, was hier gerade den Bach runtergeht!", schrie Reiner. „Ich wollte mich für den Gemeinderat aufstellen lassen! Aber niemand wählt die Radikalinskis! Gemäßigt wollten wir auftreten, gemäßigt, und dafür kann man keinen nehmen, der im Fernsehen runtergemacht wird!"

„Es tut mir leid, Reiner", flüsterte Susanne. „Ich kann nichts dafür."

„Du sagst denen, was ich für ein netter Kerl bin", sagte Reiner. „Treu zum Vaterland. Ein aufrechter Patriot. Dass ich nie einem deutschen Staatsbürger etwas zuleide getan habe. Die sollen das alles richtigstellen! Wenn du das nicht machst, schick ich ein paar Kumpels bei dir vorbei, die mal deine Gesinnung durchprüfen werden."

„Aber wie soll ich denn …"

„Ist mir scheißegal. Wir hören uns."

Reiner legte auf. Susanne stand mit dem Hörer in der Hand und starrte ins Leere. Ekel erfasste sie. Auf die Rechten. Auf sich und den Medienmob, der sich anfühlte wie der Mob damals auf der ersten Versammlung, zu der Dischel sie mitgeschleppt hatte.

Mama. Vielleicht war ihre Leitung ja inzwischen repariert. Wenn sie nur erst ihre Mutter erreicht hätte, würde alles gut. Sie würde dort unterschlüpfen. Niemand würde Susanne Meinel in einem Plattenbau in Marzahn finden. Oder besser noch: Ihre Mutter hatte immer davon geträumt, einmal Norwegen zu bereisen. Vielleicht war das jetzt die Gelegenheit. In den Flieger und weg. Natur. Fjorde. Durchatmen.

Sie tippte die Nummer ein und lauschte.

„Dieser Anschluss ist vorübergehend nicht erreichbar."

Langsam nahm sie das Telefon vom Ohr. Eine Welle der Verzweiflung überkam sie. Sie schleuderte ihr Smartphone mit aller Kraft Richtung Tür. Es zerbrach mit einem eigenartig leisen Scheppern.

Sie musste hier raus. Und dafür blieben ihr verzweifelt wenige Möglichkeiten.

Kapitel 18

„Wir können so nicht weitermachen, oder siehst du das anders?"

Sven Stinzig starrte vor sich hin, als hörte er die Worte seines Vaters nicht. Dabei überschlugen sich seine Gedanken.

Natürlich war Eskalation Teil des Plans gewesen, seit Großvater Karl ihn gewarnt hatte, welche Gefahr für das Werk von Johannes Trappe ausging. Auch Susanne Meinel war Teil des Plans gewesen – sie war ehrgeizig genug, um eine Chance zu erkennen, und loyal genug, um keine Fragen zu stellen. Johannes Trappes Karriere als Verhandlungsführer zu beenden, war das erklärte Ziel gewesen.

Und dann war die Angelegenheit völlig außer Kontrolle geraten.

Nicht mal Plan B hatte gegriffen. Fehlschlag folgte auf Fehlschlag.

„Sven! Ich rede mit dir!" Martin Stinzig schlug mit der flachen Hand auf seinen Schreibtisch.

„Was? Ist ja gut. Sorry. Reg dich nicht gleich auf!"

„Wir müssen eine Gegenkampagne starten. Die Gegenseite unglaubwürdig machen. Vielleicht müssen wir auch die Meinel entlassen. Oder wir ..."

„Nein, Martin", schnitt ihm Sven das Wort ab. „Wir müssen nicht. Ich werde."

„Das hatten wir schon. Ich bin für das operative Geschäft verantwortlich und du hältst dich raus. Oder du machst es gleich selbst", wiederholte er seine Rücktrittsdrohung.

„Erspare uns beiden bitte die Theatralik. Wir wissen doch, dass sie dich mit den Füßen voraus aus der Firma tragen müssen, weil du nicht früher Platz machst."

Sven verfolgte, wie die Ader an der Stirn seines Vaters zu pochen begann. Dessen Wut erfüllte ihn mit einer kindischen Befriedigung.

„Sven, die Firma steht auf dem Spiel. Sie werfen uns mit Nazis in einen Topf, hinterfragen die Firmenvergangenheit während des Krieges. Das ist eine ernste Sache."

„Du hast einfach keine Nerven. Kein Wunder, dass die Firma so bescheiden dasteht. Kein Mut zum Risiko."

„Was erlaubst du dir?!", fuhr Martin auf.

„Ich teile hier nur Fakten mit, die dir eigentlich bekannt sein sollten", entgegnete Sven kalt. „Die Rendite ist seit fünf Jahren in Folge rückläufig, und niemand unternimmt etwas."

„Haben wir bisher schlecht gelebt? Du zerstörst mit deiner Starrköpfigkeit unsere Grundlage!"

„Für diese Zuspitzung sind die Medien verantwortlich."

„Aber du hast den Anlass geliefert. Den Tarifkonflikt verschärft, diese Frau mit zweifelhaftem Hintergrund eingestellt! Das kannst du nicht leugnen! Das waren alles deine Entscheidungen!"

Martin sprang auf. Sven sah, wie er die Fäuste ballte. Phase zwei. Vielleicht hatte er Glück und den Alten traf endlich der Schlag.

„Du hast doch überhaupt keine Ahnung!", gab er zurück. „Du weißt doch überhaupt nicht, was hier läuft.

Du hast es nie gewusst. Du hast dich immer nur um dich selbst gedreht. Um dich und deine Befindlichkeiten. Du hast Mama im Stich gelassen, mich ins Internat abgeschoben und Großvater die Firma managen lassen. So kann man auch leben." Svens Stimme troff vor Verachtung. Er machte eine wegwerfende Geste. „Soll ich dich darüber aufklären, warum ich all die Schritte unternommen habe?"

„Da bin ich aber gespannt."

„Die ganze Firma steht auf dem Spiel, wenn wir diesen Trappe nicht loswerden. Er kann jeden Tag in den Besitz von Dokumenten kommen, die den Stinzigwerken den Garaus machen. Im schlimmsten Fall hat er sie sogar schon."

„Dokumente, was für Dokumente? Was redest du da für einen bodenlosen Unsinn?"

„Großvater Karl hat mich ins Vertrauen gezogen. Er war der Ansicht, dass ich aus dem richtigen Holz geschnitzt bin, um die Firma vor Schaden zu bewahren. Du nicht. Und wenn ich mir so ansehe, was du die letzten Jahre für die Firma getan hast, muss ich sagen: Er hatte recht."

„Was soll der Trappe denn für Dokumente haben? Bei uns ist immer alles nach den Regeln gelaufen! Wir haben ja nicht mal Steuern hinterzogen!"

„Was es genau ist, hat Großvater mir leider nicht mehr verraten können oder wollen", antwortete Sven. „Vielleicht etwas aus den Kriegsjahren oder irgendetwas mit der Gewerkschaft. Immerhin hatte ja der alte Trappe auch schon mit uns zu tun. In jedem Fall wird das Risiko mit jedem Tag größer, den Trappe im Amt ist."

„Warum hast du mir nichts gesagt? Ich bin der Aufsichtsratsvorsitzende und dein Vater."

„Das hatten wir bereits", schoss Sven zurück. „Du hättest deinen Vater fragen sollen, solange er noch lebte. Und jetzt überlässt du das Handeln am besten Menschen, die den Überblick haben." Sven erhob sich.

„Du wirst die Situation entschärfen. Ansonsten werde ich die Führung der Firma selbst übernehmen", antwortete Martin.

Martin und Sven starrten sich an.

„Wie du meinst." Sven zuckte mit den Schultern und schickte sich an, den Raum zu verlassen.

„Du weißt auch nicht alles", rief ihm Martin nach. „Das wirst du eines Tages noch merken!"

„Ja, ja. Wie auch immer."

Sven zog die Tür hinter sich zu.

Johannes blickte sich suchend um. Ein Sammelsurium aus Tischen, Stühlen und optisch verunglückten Lounge-Sesseln nahm allen verfügbaren Platz ein. Die schwarz gestrichenen Wände trugen ebenso zu dem schummrigen Ambiente bei wie die spärliche Beleuchtung.

Er erspähte Victoria an einem Tisch in der Ecke und winkte ihr zu. Neben ihr saß ein blonder Typ, der auf den Bildschirm seines Laptops starrte. Er hob erst den Kopf, als Johannes am Tisch stand und Victoria mit Wagenküsschen begrüßte.

„Johannes, das ist mein Freund Daniel."

„Hi, Daniel! Danke, dass du uns hilfst."

„Kein Ding. Mach ich gerne."

Sie schüttelten sich die Hand, dann zog sich Johannes einen Stuhl heran. Bei einer Kellnerin, die gerade vorbeikam, orderte er einen Espresso. Dann sah er erwartungsvoll in die Runde.

„Gibt's schon was Neues?"

„Das kannst du laut sagen." Victorias Worte schimmerten golden. „Daniel hat unser Rätsel geknackt."

Unser Rätsel? Was hatte sie damit zu tun – oder war das nur Ausdruck ihrer allgemeinen Verbundenheit?

„Und zwar", setzte Daniel an, „habe ich eine mögliche Zuordnung der Zahlen gefunden. Es handelt sich mit an Sicherheit grenzender Wahrscheinlichkeit um ein Geburtsdatum."

„Und zwar dem von Wilhelm Trappes erster Ehefrau", sekundierte jetzt Victoria. „Ihr Name war Philomena Goldbach. Gestorben 2009."

„Philomena Goldbach", wiederholte Johannes verwirrt. „Ja, klar. Ich wusste, dass mein Großvater schon mal verheiratet war, bevor er Oma Anna geheiratet hat. Ich habe einen Onkel. Eduard. Der ist der Sohn aus erster Ehe. Ich wusste aber nicht, dass sie so hieß."

„Ihr habt in der Familie nie darüber gesprochen?", erkundigte sich Daniel interessiert.

„Nein", sagte Johannes. „Das war so etwas wie der Elefant im Raum. Er war da, aber niemand hat über ihn gesprochen. Eigentlich faszinierend, wie man als Kind so ein Tabu aufschnappt. Mir wäre nie in den Sinn gekommen, nach Wilhelms erster Frau zu fragen. Na ja, vielleicht, wenn ich ihn kennengelernt hätte. Er ist ja lange vor meiner Geburt gestorben."

„Familientabus sind extrem wirksam", warf Victoria ein. „Und ein spannendes Forschungsgebiet."

„Ich werde nicht dein Versuchskaninchen sein", wehrte Johannes ab. „Aber du sagtest, sie sei wann gestorben? 2006?"

„2009", korrigierte Daniel.

„Das heißt, sie haben sich scheiden lassen", folgerte Johannes. „Seltsam. Ich ging immer davon aus, Opa Wilhelm sei Witwer geworden."

„Ich weiß nicht, wann Wilhelm deine Großmutter geheiratet hat", entgegnete Daniel. „Aber nach allem, was ich im Netz gefunden habe, war er mit Philomena Goldbach bis 1943 verheiratet. Dann erfolgte die Scheidung."

„Und das kann man im Netz finden?", staunte Johannes, dem die gesamte Situation immer unwirklicher vorkam.

„Es gibt viel mehr digitalisierte Daten und Datenspeicher, als sich der Laie vorstellt", antwortete Daniel. „Analoge Archive werden nach und nach digitalisiert, damit man besser damit arbeiten kann. Behörden, Versicherungen, Verkaufsorganisationen …"

„Aber sind diese Quellen denn öffentlich zugänglich?", fragte Johannes weiter und kannte die Antwort schon im Voraus.

„Äh, nicht direkt. Aber ich habe da ein paar Möglichkeiten genutzt. Aus Lebensversicherungsdaten von Wilhelm Trappe ergab sich die Tatsache, dass er mit Philomena Goldbach verheiratet war. Dort war auch ihr Geburtsdatum enthalten. Die standesamtlichen Unterlagen belegen die Scheidung der beiden. Die direkte Suche nach Philomena Goldbach wiederum erbrachte einen längeren Eintrag im Stiftungsregister. Aus diesem Eintrag geht hervor, dass sie die Stiftung ,Gerechtigkeit jetzt und hier' ins Leben gerufen hat. Den Angaben zufolge hat sie zumindest seit 1955 wieder in Deutschland gelebt, eine beträchtliche Summe in die Stiftung investiert und war in dieser auch selbst tätig."

Johannes starrte ihn an. Daniel gab offenbar exakt das Schriftdeutsch der Stiftungspublikation zum Besten.

„Gibt es noch mehr?", fragte er.

„Sicher, wenn ich mehr Zeit zum Suchen habe", antwortete Daniel. „Aber was wir jetzt auf die Schnelle gefunden haben, war nur noch, dass sie in zweiter Ehe mit einem Amerikaner verheiratet war, der vor ihr starb, und dass die Stiftung heute durch einen Kurator gelenkt wird."

„Dessen Namen wir kennen", ergänzte Victoria. „Und bei dem wir schon einen Termin haben. Heute Nachmittag. Die Stiftung sitzt in Karlsruhe."

„Einen Termin?"

„Hast du eine bessere Idee?"

„Nein", sagte Johannes verwirrt. Das hier ging alles ein bisschen schnell.

„Super", sagte Victoria zufrieden. „Wie wäre es, wir gehen vorher noch einen Happen essen?"

„Äh, ja, von mir aus – aber wieso gehen? Gibt es hier nichts?"

„Doch." Sie zwinkerte ihm zu. „Aber mir steht der Sinn nach Ramen."

„Nach was?"

„Japanische Nudelsuppe, du Kosmopolit. Daniel, kommst du mit?"

„Nein, danke", wehrte der ab. „Ich muss Arbeit aufholen. Es ist ein bisschen was liegengeblieben, während ich euren Zahlen hinterhergejagt bin."

„Nochmal vielen Dank", sagte Johannes. „Wenn ich mal was für dich tun kann …"

„… lasse ich es dich wissen", sagte Daniel.

Kapitel 19

Johannes trottete neben Victoria her. Er musste erst einmal verdauen, was er eben im Stakkato erfahren hatte. Der Elefant im Raum, über den nie jemand gesprochen hatte, hatte nun einen Namen: Philomena Goldbach. Die Mutter von Onkel Eduard. Und sie war für Opa Wilhelm wichtig genug gewesen, dass er Jahre später ein Geheimnis mit ihren Geburtsdaten verschlüsselt hatte. Hatten sie nach der Scheidung noch Kontakt zueinander gehabt? Warum schwieg sich seine Großmutter zu all diesen Fragen so hartnäckig aus? Es war schwer zu glauben, dass sie von alldem nichts wusste.

Immerhin erschien ihm jetzt die mysteriöse Botschaft von Onkel Eduard etwas klarer. Er wusste von der Angelegenheit, wollte aber Marion und Anna heraushalten. Das deutete zumindest daraufhin, dass es hier lange zurückliegende familiäre Verwerfungen und Verletzungen gab, die selbst angesichts des nahenden Todes von Onkel Eduard nicht überwunden werden konnten.

„Da vorne ist es schon", meldete sich Victoria. „Du wirst es mögen."

Victoria betrat ein schmales Restaurant, das von der Straße aus kaum auffiel. Der schlauchartige Gastraum wurde durch eine seitliche Theke noch schmaler. Dahinter wurde gebrutzelt, gerührt und geschnippelt. Es roch köstlich. Johannes stellte fest, dass er einfach viel zu lange von Döner und Pizza gelebt hatte.

Das Restaurant war voll besetzt, aber am Tresen waren noch zwei Plätze frei. Johannes und Victoria quetschten sich nebeneinander. Johannes schlug die Speisekarte auf und las.

„Tonkotsu", buchstabierte er. „Shoyu. Miso. Was ist das alles?"

„Unter dem Strich ist alles Nudelsuppe", erklärte Victoria. „Der Geschmack ist aber ganz unterschiedlich. Es kommt auf die Brühe an. Soll ich etwas für dich bestellen?"

„Ja, bitte. Etwas für Anfänger."

Sie lachte. „Scharf oder nicht so?"

„Nicht so."

Sie zwinkerte ihm zu. „Hatte ich mir schon fast gedacht. Du wirkst nicht wie ein Typ, der Tabasco über alles schüttet."

„Findest du, man merkt das den Leuten an?"

„Wenn man einen Blick dafür hat, dann schon."

Beim Küchenchef bestellte sie zwei unterschiedliche Ramen und Grünen Tee. Der wäre nicht Johannes' erste Wahl gewesen, aber so musste er sich zumindest nicht mit dem Getränketeil der exotischen Speisekarte beschäftigen.

„Dein Freund Daniel war super hilfreich", kam er schließlich wieder zum Thema. „Ich weiß gar nicht, wie ich mich bedanken soll …"

„Schon gut", unterbrach sie ihn. „Das war ich schon alleine deiner Großmutter schuldig. Außerdem mag ich Geheimnisse."

„Also, Sherlock, wie machen wir dann weiter?"

Sie lächelte. „Ich würde sagen, wir sammeln weitere Fakten, Watson Im Ernst, ich hoffe, der Kurator kann uns irgendwie weiterhelfen. Ansonsten verläuft unsere heiße Spur wohl im Sand."

Johannes' Handy piepte. Fabians Erkennungston.

„Ich muss kurz schauen, sorry."

Wenn das so weitergeht, laufen wir voll in wilde Streiks.
Manche wollen sogar die Werkstore verrammeln.

Johannes schüttelte den Kopf. Victoria hob fragend die
Augenbraue. „Gibt es neue Erkenntnisse, Dr. Watson?"

„Die SMS kam von Fabian", erklärte Johannes. „Meinem Kollegen bei der VGM. Unsere Leute sind durch
die Medienberichterstattung so angefressen, dass er mit
wilden Streiks rechnet."

„Und das ist schlimmer als ein normaler Streik?"

„Anders. Schwer kontrollierbar. Man nennt es so, wenn
die Belegschaft, oder Teile davon, streikt, ohne dass es
von der Gewerkschaft gebilligt wurde."

„Das hat dann irgendwelche negativen Auswirkungen?"

„Kann man so sagen. Der entscheidende Unterschied
zwischen einem wilden und, wenn du so willst, einem
normalen, gebilligten Streik ist die Rechtsfolge. Wenn
ein Streik nach den Spielregeln läuft, ist er erlaubt, während ein wilder Streik in der Regel rechtswidrig ist. Da
ein Streik ja immer einen wirtschaftlichen Schaden verursacht, ist dann die kritische Frage, wer dafür haftet."

„Du meinst, die Belegschaft muss für den Schaden bei
Stinzig aufkommen, wenn sie einfach so streikt?", fragte
Victoria zurück.

„Genau. Oder die Gewerkschaft. Je nachdem, wem
die Verantwortung für den Streik zugewiesen werden
kann. Je nachdem, wie lange so ein Streik dauert, können
schnell Millionen zusammenkommen."

„Und … können sie dich dafür belangen? Als Sekretär?
Ich meine, persönlich?"

„Werden wir sehen. Mein Job steht jedenfalls auf dem
Spiel. Für den Rest bin ich gut versichert."

„O weh", sagte Victoria mitfühlend. „Sollen wir direkt zahlen und gehen?"

Johannes sah von seinem Smartphone auf, in das er gerade begonnen hatte, eine Nachricht einzutippen. „Müssen wir nicht", sagte er. „Ich habe Fabian gerade gebeten, für 17 Uhr eine außerordentliche Tarifkommissionssitzung einzuberufen. Bis dahin wird hoffentlich niemand etwas unternehmen. Am Ende versteckt sich der Einzelne doch gerne in der Menge, und die wartet hoffentlich darauf, dass wir einen Streik beschließen."

„Saubere psychologische Analyse", lobte Victoria mit einem leichten Lächeln auf den Lippen, das jede Interpretation zuließ.

Der Koch schob zwei Schüsseln Suppe über den Tresen in ihre Richtung. Victoria gab die eine Schüssel an Johannes weiter, brach ihre Holzstäbchen auseinander und begann zu essen. Johannes folgte ihrem Beispiel ein wenig ungeschickt. Die Suppe war intensiv würzig und mit allerlei Zutaten garniert – Frühlingszwiebeln, Schweinefleisch, ein halbiertes Ei.

„Und?", sagte Victoria zwischen zwei Bissen.

„Definitiv besser als Pizza vom Bringdienst", sagte Johannes. „Hast du die Adresse der Stiftung?"

„Natürlich. Wir brauchen keine halbe Stunde nach Karlsruhe. Aber konzentrier' dich jetzt auf die Suppe. Man kann nicht Ramen essen und gleichzeitig an Arbeit denken."

Johannes nickte. Victoria wechselte das Thema und begann, von ihrer letzten Reise nach Japan zu erzählen, und er aß still und lauschte. Zum ersten Mal seit einer Ewigkeit begann er sich ein wenig zu entspannen.

Kaum eine Stunde später betätigte Johannes den Klingelknopf der Stiftung.

„Hallo?", kam eine blecherne Stimme aus dem Lautsprecher.

„Johannes Trappe und Victoria Konrad", sagte Johannes. „Wir wurden per Mail angekündigt."

Der Türöffner ertönte sofort, und sie betraten die schmucklose Eingangshalle des vierstöckigen Bürogebäudes. Entweder ist die Stiftung tatsächlich so offen und positiv oder Daniel hat einfach eine sehr wirksame Mail geschrieben, dachte Johannes.

Am Empfang begrüßte sie eine freundliche ältere Dame und fragte nach ihren Wünschen. Nachdem die Formalitäten geklärt waren, nickte die Empfangsdame lächelnd. „Der Kurator unserer Stiftung, Herr Dr. Bornscheid, freut sich auf Ihren Besuch. Es kommt nicht mehr oft vor, dass wir Anfragen zu unserer Gründerin bekommen. Sie war eine wirklich bemerkenswerte Persönlichkeit."

Sie wurden in den zweiten Stock geleitet und betraten kurz darauf ein Büro, das mit Möbeln ausgestattet war, die in den 80er Jahren sicherlich noch edles Understatement verströmt hatten.

„Frau Konrad und Herr Trappe, nehme ich an?" Bornscheid erhob sich hinter seinem ausladenden, dunklen Schreibtisch. „Freut mich, Ihre Bekanntschaft zu machen. Bitte nehmen Sie doch Platz." Er wies auf eine großzügige Sitzecke.

Johannes und Victoria kamen der Einladung nach. Bornscheid setzte sich ihnen gegenüber.

„Was kann ich für Sie tun?" Er sprach mit einem kaum wahrnehmbaren Akzent, den Johannes nicht zuordnen konnte. Doch zunächst war es ohnehin an Johannes und Victoria, zu erläutern, warum sie gekommen waren. Bornscheid schien sich mit der etwas abenteuerlichen Erklärung zufrieden zu geben, dass sie die Geburtsdaten von Philomena Goldbach in Wilhelms Nachlass an prominenter Stelle gefunden hatten.

In der folgenden Stunde erfuhr Johannes nicht nur, woher der Akzent stammte, sondern auch, warum dieses Büro und seine Ausstattung ihm so merkwürdig aus der Zeit gefallen vorkamen.

Dr. Bornscheid selbst war als Kind jüdischer Emigranten in Israel aufgewachsen, zum Studium nach Deutschland zurückgekehrt und dann geblieben. Er konnte oder wollte nicht sagen, ob seine Biographie bei seiner Ernennung zum Kurator der Stiftung „Gerechtigkeit jetzt und hier" eine Rolle gespielt hatte, aber gewisse Parallelen zum Leben von Philomena Goldbach waren augenfällig. Sie war nach der Scheidung von Wilhelm Trappe, die dieser am Ende wohl aufgrund der in Nazi-Deutschland geltenden Rassegesetze forciert hatte, in die USA emigriert. Dort hatte sie auch ihren zweiten Mann kennengelernt, der allerdings bereits in den frühen 50er Jahren verstarb. Er hinterließ ihr ein Vermögen, mit dem Philomena Goldbach in die gerade frisch gegründete Bundesrepublik Deutschland zurückgekehrt war. Bald darauf hatte sie begonnen, ihre Stiftungsaktivitäten zu entfalten. Johannes und Victoria lernten einiges über den Zweck der Stiftung, die gegen gesellschaftliche Benachteiligungen jeder Art kämpfte. Das Hauptaugenmerk hatte in den ersten Jahren stärker auf Glaubens- und Religionsfragen gelegen, in den frühen 90er Jahren waren während der ersten großen Flüchtlingswelle verstärkt Migrationsfragen hinzugekommen. Die Stiftung finanzierte Fortbildungen, Kommunikationskampagnen und Gerichtsprozesse, die der Erlangung gleicher Rechte dienten, half aber in Extremfällen auch individuell.

„Ich finde das, was Sie tun, wirklich beeindruckend, Herr Dr. Bornscheid", sagte Victoria, als dieser zum Ende gekommen war.

„Oh, vielen Dank", sagte er lächelnd. „Und das ist alles ganz sicher im Sinne unserer Stifterin."

„Hat sie denn ihre Stiftung all die Jahre aktiv begleitet?", erkundigte sich Johannes, der sich erst einmal hatte erholen müssen. Ihm war selten jemand begegnet, der so lebhaft formulierte wie Dr. Bornscheid. Johannes war förmlich in einen Farbenregen hineingeraten. Bornscheids Ausführungen waren nicht einfach nur in Blau, Gold oder Rot erschienen. Sie hatten die Farbe ständig gewechselt und dabei pulsiert. Johannes hatte keine Ahnung, ob es etwas zu bedeuten hatte oder einfach nur seiner momentanen Anspannung geschuldet war. Vielleicht lag es auch an dem Gefühl der Schuld, das er immer stärker empfand, nachdem er erfahren hatte, dass sich sein in der Familie so verehrter Großvater schlicht dem Nazi-Regime gebeugt und die Frau verlassen hatte, die er geliebt und mit der er einen Sohn gehabt hatte. Nur der letzte Teil der Schilderungen war merkwürdig blass, praktisch farblos erschienen.

„Frau Goldbach war über die Jahre immer sehr aktiv. Erst Ende der 80er Jahre entschloss sie sich, kürzer zu treten – sie hatte mit einigen ernsten gesundheitlichen Problemen zu kämpfen."

„Und Sie bewahren ihren Geist, indem Sie an den Räumlichkeiten nicht viel verändern?", fragte Johannes.

„Richtig", bestätigte Dr. Bornscheid. „Es ist eine Frage des Respekts."

„Also hat Frau Goldbach Vorkehrungen getroffen, die ihre Stiftung überdauern lassen", stellte Victoria fest.

„Frau Goldbach hat dafür gesorgt, dass die Stiftung ihre Arbeit fortsetzen kann", erklärte Dr. Bornscheid. „Dazu hat sie die nötigen organisatorischen und materiellen Voraussetzungen geschaffen. Nicht zuletzt belegt das unsere erfolgreiche Arbeit in der letzten Dekade."

„Und ihre privaten Belange?", entfuhr es Johannes, der sich sogleich über seine spontane Bemerkung ärgerte. „Hat sie auch dafür Anweisungen hinterlassen?"

Bornscheids Schultern sackten nach vorne. „Darum habe ich mich gekümmert. Wie immer, seit ich Philomena kennengelernt habe, und bis …"

Er ließ den Satz unvollendet und plötzlich dämmerte Johannes, was die Ursache für das bei ihm immer noch nachwirkende Farbspektakel war. Dieser Mann musste Philomena Goldbach wirklich geliebt haben. Wahrscheinlich liebte er sie immer noch. Und er litt noch jetzt unter ihrem Tod. Er würde ganz sicher alles daransetzen, ihr Vermächtnis am Leben zu erhalten.

„Um die Formalien hat sich natürlich einer dieser Notare gekümmert", erklärte Bornscheid. „Ein Testamentsvollstrecker." Er spie den Begriff förmlich aus und zog zum ersten Mal während ihres Gesprächs die Mundwinkel nach unten.

„Könnten wir vielleicht die Adresse bekommen?", fragte Victoria.

„Natürlich, die kann ich Ihnen zukommen lassen, sobald ich sie herausgesucht habe. Sie sind übrigens nicht die ersten, die fragen."

„Wie bitte?", fragte Johannes. „Es war schon jemand hier?"

„Wer war das?", fragte Victoria gleichzeitig und rutschte in ihrem Sessel ganz nach vorne.

„Warum interessiert Sie das?", fragte Bornscheid direkt zurück. In seine Stimme mischte sich zum ersten Mal Misstrauen.

„Ist das nicht ungewöhnlich?", hielt Johannes dagegen. „Zwei ähnliche Fragen in so kurzer Zeit."

Bornscheid nickte. „Ja, vielleicht haben Sie Recht", antwortete er zögernd. „Sie hieß Schmidt. Eine Dame mittleren Alters, kurze Haare, Brille. Sie erzählte, sie sei eine frühere Kollegin von Eduard Trappe, dem es ja offenbar sehr schlecht geht." Johannes nickte, und Bornscheid fuhr fort. „Jedenfalls wollte sie für Eduard Trappe, der ja als Sohn auch Erbe von Philomena Goldbach war, etwas mit dem Testamentsvollstrecker klären. Ich sah keinen Grund, ihr die Adresse zu verweigern, zumal der Notar sicher weiß, was rechtens ist. Aber ich kam noch nicht dazu, sie herauszusuchen, sodass auch Frau Schmidt auf meinen Rückruf wartet."

Die Beschreibung der Frau. Das konnte nicht sein. Oder doch? Johannes zwang sich zu einem Lächeln. „Sicher, Herr Dr. Bornscheid. Sie haben uns sehr geholfen. Wir danken Ihnen. Wenn Sie die Adresse herausgesucht haben, würden Sie mich informieren?" Johannes' Gedanken rasten. Das kann nicht sein, echote es in seinem Kopf.

„Natürlich. Sehr gerne."

Bornscheid erhob sich und geleitete seine Gäste zur Tür.

„Und jetzt?", fragte Victoria, als sie im Treppenhaus waren.

„Ein bisschen Zeit ist noch", sagte Johannes. „Ich könnte dich heimfahren, und dann schaue ich mal bei der Frau vorbei, die Bornscheid uns beschrieben hat."

„Du kennst sie?"

„Da bin ich fast sicher."

KAPITEL 20

Es fiel Johannes schwer, auf den Verkehr zu achten. Das Herumstochern in der Familiengeschichte förderte mehr zutage, als ihm lieb war. Jahrelang hatte er nicht mehr an den Tod seines Vaters gedacht, und plötzlich war die Zeit danach wieder schrecklich präsent: die verweinten Augen seiner Mutter wie zwei rote Kreise in dem bleichen Gesicht. Seine beinahe körperlich schmerzhafte Unfähigkeit, die richtigen Worte zu finden. Und Oma Anna. Sie hatte als Einzige noch funktioniert, hatte die Familie durch die ersten schweren Tage getragen, durch die Beerdigung, durch alles, was danach kam. Johannes konnte bis heute nicht ermessen, wie es in einer Mutter aussah, die ihren Sohn zu Grabe trug, aber irgendwie hatte Anna es geschafft, den Rest der Familie am Leben zu halten.

Wie ferngesteuert parkte er das Auto, ging zum Haus und klingelte. Marion ließ ihn erstaunt herein.

„Hansi, mit dir hatte ich ja nicht gerechnet. Alles in Ordnung?"

„Ja. Hi. Ich war gerade in der Gegend."

Er sah ihr an, dass sie ihm nicht glaubte, aber sie spielte das Spiel mit.

„Möchtest du einen Kaffee?"

„Gern."

Er folgte ihr in die kleine Küche und quetschte sich an den Küchentisch. Marion machte Kaffee, und er sah ihr zu. Plötzlich spürte er, wie schwierig es war, das Thema anzusprechen. Vorhin, in Bornscheids Büro, war eine Welle heißer Wut in ihm aufgestiegen. Er hatte sofort gewusst, wer die blonde Frau gewesen war, die sich vor ihnen über Philomena Goldbach erkundigt hatte. Johannes fühlte sich düpiert und hintergangen. Hatte seine Mutter Geheimnisse vor ihm?

„Mama, wir müssen reden." Johannes lauschte dem Klang seiner eigenen Worte und empfand sie als gestelzt und lächerlich. Er rutschte unruhig auf der Eckbank in der Küche hin und her, die ihm sonst immer das Gefühl von Heimeligkeit und Entspannung vermittelte. Er spürte, wie die Erkenntnisse der vergangenen Stunden Stück für Stück Besitz von ihm ergriffen, ihn förmlich langsam innerlich vergifteten.

„Ich war vorhin mit Victoria unterwegs", begann er.

„Ach ja? Was habt ihr denn gemacht?" Die Stimme seiner Mutter klang unnatürlich hoch – wie immer, wenn sie etwas überspielen wollte.

„Wir haben Herrn Dr. Bornscheid aufgesucht. Er ist Kurator der Stiftung ‚Gerechtigkeit jetzt und hier'. Sagt dir das etwas?"

„Sollte es das?", fragte seine Mutter mit immer noch viel zu hoher Stimme.

„Mama, ich weiß, dass du bei ihm warst. Du musst mich nicht anlügen."

Plötzlich zitterten ihre Hände so, dass sie Kaffeepulver auf der Arbeitsplatte verschüttete.

„Was soll ich denn sagen?", antwortete Marion jetzt kaum hörbar.

„Wie wär's mit der Wahrheit?"

„Also gut. Ich habe mit Dr. Bornscheid über Philomena Goldbach gesprochen. Anna hat mich darum gebeten."

„Ich habe mir beinahe gedacht, dass Oma nicht die Wahrheit sagt", entfuhr es Johannes.

„Wie redest du bloß über deine Großmutter?", fuhr jetzt Marion auf. „Und überhaupt, was geht dich das Ganze an?"

„Das Ganze? Was meinst du damit?", antwortete Johannes lauter als beabsichtigt. Seine Mutter funkelte ihn nur an. Er holte tief Luft. „Okay, von mir aus. Für mich hat die ganze Geschichte mit dem Besuch bei Onkel Eduard begonnen." In knappen Worten berichtete er davon, was Eduard ihm im Krankenhaus gegeben hatte, von den kryptischen Zahlen auf dem Briefumschlag und von den Nachforschungen, die mit Hilfe von Victoria und Daniel schließlich zu Philomena Goldbach und ihrer Stiftung geführt hatten.

„Und warum hast du mir davon nichts gesagt?", fragte Marion. „Du regst dich auf, dass ich dich nicht über jeden meiner Schritte informiere, aber gleichzeitig trägst du so ein Geheimnis mit dir herum." Ihre Worte schimmerten rot und Johannes spürte, wie ihm gleichzeitig warm wurde. Seine Mutter würde wissen, dass er sich ertappt fühlte. Es gab kein Zurück.

„Es erschien mir nicht richtig", begann Johannes stockend. „Onkel Eduard wollte offenbar nur mir etwas geben und das, obwohl ich praktisch keinen Kontakt zu ihm hatte. Ich war mir auch überhaupt nicht sicher, was das alles sollte. Erst als jemand bei Oma eingebrochen hat, um den Nachlass von Wilhelm zu stehlen, machte es bei mir Klick. Seither weiß ich, dass es ein Geheimnis um Wilhelm gibt, das für irgendjemanden so gefährlich ist, dass er vor Einbruch und Gewalt nicht zurückschreckt. Und deshalb bin ich der Sache nachgegangen und über

einige Umwege auf Philomena und ihre Stiftung gestoßen." Johannes ließ die Details bewusst aus. Einerseits
drängte es ihn, endlich zu erfahren, wie seine Mutter in
das gesamte verwirrende Bild passte, andererseits kroch
Misstrauen in ihm hoch. Ein Misstrauen, dass er gegenüber seiner Mutter noch nie empfunden hatte. „Aber wie
bist du jetzt zu Dr. Bornscheid gekommen?"

„Anna", sagte Marion und ihr Blick verlor sich in der
Ferne. „Ich habe getan, worum Anna mich gebeten hat."

„Oma? Wieso? Sie ist doch das Opfer in dieser ganzen
undurchschaubaren Angelegenheit."

„Genau", sagte Marion. „Sie ist das Opfer. Und das
muss jetzt endlich ein Ende haben." Scharlachrote Worte.
Johannes erschrak.

„Wusstest du, dass dein Großvater Zeit seines Lebens
Kontakt zu seiner ersten Frau gehabt hat?"

„Was ist daran so schlimm?", beeilte sich Johannes ein-
zuschieben, bevor er von einer Welle der Emotion buch-
stäblich hinweggespült wurde.

„Anna hatte nie eine Chance. Sie war immer zweite
Wahl und Wilhelm hat sie das stets spüren lassen. Er hat
getan, als wäre sie schuld an seiner Scheidung. Dabei war
er es, der sich den Nazis unterworfen hat!"

„Aber wie willst du das wissen? Das war doch alles
lange vor deiner Zeit."

„Du hast wirklich keine Ahnung", schnappte Marion in
einem Ton zurück, den er nie zuvor von ihr gehört hatte.
„Was meinst du, wann genau deine Großmutter und ich
uns befreundet haben? Das war an all den langen Aben-
den, an denen ich um deinen Vater trauerte und nicht
mit meinem Verlust zurechtkam. Anna war die Einzige,
die mir wirklich beigestanden hat. Ich dachte, ich hätte

es geschafft, als ich deinen Vater kennenlernte. Endlich die Fluchtgeschichte verdaut, endlich angekommen. Aber dann, alles aus. Von einem Moment zum anderen. Und Anna erging es genauso. Sie hat es nie geschafft, ihr Ziel zu erreichen. Was immer sie getan und geleistet hat, immer blieb sie Nummer zwei."

„Darüber hab ich nie nachgedacht", sagte Johannes verblüfft. „Ja, natürlich. Ihr beide habt die Familie durch die schwere Zeit gebracht. Eigentlich logisch, dass ihr mehr gemeinsam hattet als nur eine angeheiratete Verwandtschaft."

„Du warst ein Kind", sagte Marion und wischte sich verstohlen über die Augen. „Wenn du über viele Dinge nicht nachgedacht hast, haben Anna und ich einiges richtig gemacht. Wir wollten dich so wenig wie möglich belasten."

„Also weiß Oma, was hinter dem Geheimnis und dem Einbruch steckt?", fragte Johannes jetzt bewusst leise und vorsichtig.

„Ich habe keine Ahnung", sagte Marion. „Ich weiß nur, dass Anna fest davon ausgeht, dass die ganze Angelegenheit ursächlich mit Philomena Goldbach zusammenhängt. Immer, wenn in ihrem Leben etwas schiefging, hatte es mit Philomena Goldbach zu tun, und jetzt hat es sie sogar in große Gefahr gebracht."

Seine Großmutter wusste nicht nur, dass Philomena Goldbach wieder in Deutschland gelebt hatte. Ein Bild von Philomena Goldbach hatte sich verselbständigt, erkannte Johannes. Nicht nur bei seiner Großmutter. Marion hatte die Projektion allen Übels auf eine nicht erreichbare Dritte einfach übernommen.

„Aber Mama ... Philomena Goldbach ist doch längst tot." Johannes brachte seinen Einwand so behutsam wie möglich vor.

„Die Vorgänge um deine Großmutter sind dafür aber höchst lebendig. Ich habe keine Ahnung, wie die Goldbach das geschafft hat, aber Annas Leben ist bedroht, und wenn sie mich um Hilfe bittet, dann bin ich ihr diese Hilfe mehr als schuldig."

„Aber was genau willst du tun?"

„Ich weiß es auch nicht. Dieser Dr. Bornscheid konnte mir auch nichts Näheres sagen, oder, was wahrscheinlicher ist, er wollte nicht. Ich werde ihn also wieder besuchen müssen, bis ich die Wahrheit kenne. Und bis die Bedrohung für Anna nicht mehr besteht", setzte sie entschieden hinzu.

„Aber Mama. Das könnte gefährlich sein. Jedenfalls wissen wir bisher nicht, mit was wir es zu tun haben. Kannst du das nicht mir überlassen?"

„Warum? Weil es für dich weniger gefährlich ist? Kümmere du dich lieber um die Gegenwart. Denk an deine Tarifverhandlungen. Aber zuerst Kaffee."

Johannes erkannte, dass er nicht weiterkam. Mehr als Kaffee war heute nicht mehr zu erwarten.

Stiller knurrte erleichtert, als er Johannes aus dem Haus seiner Mutter kommen sah. Vielleicht ging es jetzt endlich weiter. Er zögerte kurz, ob er seinen Plan ändern und lieber Johannes folgen sollte. Er entschied sich dagegen. Spontane Planänderungen brachten meist nichts ein. Im Gegenteil: Oft wurde wertvolle Vorarbeit zunichte gemacht. Er hatte im Gefühl, dass Marion Trappe jetzt die einzig erfolgversprechende Zielperson war. Möglicherweise hatte sie von Anna Trappe Informationen erhalten, die er nicht aus der Alten hatte herausholen können. Stiller hatte sich an ihre Fersen geheftet und festgestellt, dass sie in kurzer Folge

Menschen und Institutionen aufgesucht hatte, die alle mit Philomena Goldbach zusammenzuhängen schienen. Hier hatte ihm seine Polizeivergangenheit geholfen. Inzwischen wusste er, dass Philomena Goldbach die Exfrau von Wilhelm Trappe gewesen war. Was daraus allerdings für die von seinem Auftraggeber so dringend ersehnten Informationen folgte, war noch vollkommen unklar.

Ohnedies blieb ihm nur noch diese eine Chance. Das hatte sein Auftraggeber nochmals eindringlich zu verstehen gegeben. Dabei hatte er mit einer stattlichen Sonderprämie gewinkt und gleichzeitig durchblicken lassen, dass sich, falls Stiller versagen sollte, die Polizei sicher dafür interessieren würde, wer bei Anna Trappe eingebrochen war. Stillers erboste Erwiderung, dass er in diesem Fall Ross und Reiter nennen würde, hatte der Auftraggeber lachend weggewischt. So sicher war er, dass niemand ihm auf die Spur kommen konnte. Verflucht!

Er würde an Marion Trappe kleben wie eine Klette und konnte nur hoffen, dass sie ihn endlich ans ersehnte Ziel brachte. Dabei wusste er noch immer nicht, wonach er eigentlich suchte und was so bedeutsam sein konnte, dass sein Auftraggeber ihn nicht nur höchst ordentlich entlohnte, sondern auch immer nervöser zu werden schien. Wenn er endlich gefunden hatte, was er suchte, würde man ohnehin weitersehen. Vielleicht ließ sich der Preis noch ein bisschen in die Höhe treiben. Stiller geriet ins Träumen. Dann aber fiel sein Blick auf seine Armbanduhr. Höchste Zeit, sich vorzubereiten. Das nächste Gespräch mit seinem Auftraggeber stand an. Und immerhin konnte er jetzt mit einem Namen aufwarten.

KAPITEL 21

Johannes' Blick fiel auf die große Uhr an der Straßenecke. 17.30 Uhr.

Na toll!, dachte er und wunderte sich, dass er nicht auf die Zeit geachtet hatte. Normalerweise lag sein Smartphone neben ihm auf dem Sitz, aber da war es gerade nicht. *Jetzt komme ich schon zu spät zu meiner eigenen Sitzung!*

Das Bürohaus, in dem die VGM residierte, tauchte in seinem Blickfeld auf. Zum ersten Mal erschien ihm der Komplex in der Abenddämmerung finster und bedrohlich. Johannes beeilte sich, in die Tiefgarage zu gelangen.

Oben angekommen war alles leer. Die Kommission hatte offenbar ohne ihn angefangen. Nur Melanie Walther empfing ihn mit hochgezogenen Augenbrauen.

„Johannes! Da bist du ja endlich! Da drinnen herrscht ganz schön dicke Luft."

Sie deutete auf den Besprechungsraum am Ende des Flures. Johannes hob entschuldigend die Schultern.

„Es ging leider nicht früher. Etwas Dringendes ist dazwischengekommen." Er bemerkte, wie sehr seine Antwort nach Ausrede klang, und winkte nur ab. „Okay, ich gehe jetzt rein. Irgendetwas, was ich vorher noch wissen muss?"

„Die Mediencoverage ist total", sprudelte Melanie heraus. „Alle bringen unsere Geschichte und fordern den Rücktritt der Meinel. Stinzig steht nicht nur für die fragwürdige Personalpolitik in der Kritik, sondern auch für die dunkle Vergangenheit während der Nazizeit. Dabei kehren die völlig unter den Teppich, wie die Firma sich in den letzten Jahren für Flüchtlinge eingesetzt hat."

„Und der Tarifkonflikt?", fragte Johannes hilflos.

Melanie blickte ihn verständnislos an. „Von dem spricht natürlich keiner mehr. Aber ich dachte, das war der Plan."

Johannes sah nicht nur, wie sich ihre Worte rötlich färbten, er konnte ihren Unmut beinahe körperlich spüren. Sicher, aus ihrer Sicht hatte sie einen Bombenjob gemacht. Aus der Defensive heraus, in die Stinzig die VGM getrieben hatte, voll in die andere Richtung.

Aber was hilft uns das?, fragte sich Johannes mit einem Anflug von Resignation. *Der Tarifkonflikt ist damit nicht gelöst, jedenfalls nicht im Sinne eines Interessenausgleichs. Dafür haben wir mit hoher Wahrscheinlichkeit nicht nur die Karriere, sondern auch das persönliche Leben einer Frau vernichtet. War es das wert? Viel wichtiger aber: War das richtig, auch wenn zuvor Susanne Meinel für die Eskalation gesorgt hatte? Nein!*, stellte eine Stimme in ihm entschieden fest.

„Da täuschst du dich, Melanie", sagte er langsam. „Das war nie mein Plan. Eine ordentliche Tarifrunde führen und einen vernünftigen Abschluss erreichen, das wollte ich."

„Das kannst du ja denen da drinnen erklären", antwortete Melanie patzig und drehte sich auf dem Absatz um.

Johannes' Laune war auf dem Nullpunkt, als er den Besprechungsraum betrat. Eisige Stille umfing ihn, als er sich setzte. Selbst Fabian suchte nicht, wie sonst, sofort Augenkontakt, sondern starrte wortlos vor sich hin.

Johannes musterte die schweigende Tarifkommission. Jetzt musste er überzeugend bluffen, sonst geriet ihm die Kommission außer Kontrolle.

„Was ist los, Leute?"

„Das solltest du uns beantworten können", erwiderte Gerd Fiebinger feindselig. Offenbar hatte sich die Kommission entschlossen, ihn das Wort führen zu lassen. Das war kein gutes Zeichen. Johannes ließ einige Sekunden verstreichen. Er wusste, dass es auf seine nächsten Sätze ankam, wenn er die Kommission im Griff behalten und ebenso unsinnige wie wahrscheinlich rechtswidrige Streiks vermeiden wollte.

„Bisher hat der Arbeitgeber unser Ultimatum nicht beantwortet, aber ich habe Grund zu der Annahme, dass das demnächst passieren wird." Das war ein Bluff. Johannes wusste nicht, ob und was auf Seiten der Stinzigwerke passiert war – vermutlich nicht viel, sonst wären Aktivitäten zu sehen gewesen. Außerdem hätte er mit Sicherheit eine Nachricht erhalten. Johannes griff unwillkürlich nach seinem Handy, fand es aber nicht.

„Die haben uns schon lange genug hingehalten", antwortete Fiebinger.

„Wir müssen Geduld haben und weiter vorsichtig vorgehen …"

„Trappe, das hast du schon oft gesagt. Du wiederholst dich – wie eine Gebetsmühle." Fiebingers Stimme klang jetzt nicht nur höhnisch. Auch inhaltlich näherte er sich der Beleidigungsgrenze. Trotzdem erklang zustimmendes Gemurmel. Davon ermutigt, fuhr Fiebinger fort. „Weißt du, was ich glaube? Ich glaube, du steckst mit denen unter einer Decke!"

Johannes erschrak. Misstrauen war im Tarifgeschehen

genauso an der Tagesordnung wie in der Politik und überall, wo es um Macht ging. Aber bisher war Glaubwürdigkeit sein größtes Kapital gewesen. Nicht nur als Enkel von Wilhelm Trappe, sondern auch in Person hatte er sie stets betont. Dieser Vorwurf war geeignet, ihn im Extremfall aus der VGM zu fegen, erkannte er.

„Wie kommst du denn auf so ein schmales Brett, Gerd?"

„Wo war denn der saubere Herr Tarifsekretär in den letzten Stunden? Ich habe dich jedenfalls nicht zu Gesicht bekommen. Ziemlich merkwürdig angesichts einer so zugespitzten Lage. Habe ich recht, Kollegen?" Zustimmendes Klopfen erklang rund um den Tisch und Fabian, der ihm sonst in kritischen Situationen beisprang, sagte kein Wort. Johannes hob die Hände.

„Ich kann euch versichern, dem ist nicht so. Ein Verwandter von mir liegt im Sterben und …"

„Gib dir keine Mühe. Jetzt sagen wir mal, wo es langgeht. Schließlich sind wir die Tarifkommission", schnitt ihm Fiebinger das Wort ab. „Und wir beschließen hiermit einen unbefristeten Streik. Ab sofort."

„Ihr wisst, was wilde Streiks bedeuten können", versuchte es Johannes ein letztes Mal.

„Erstens haben wir den Streik jetzt hier beschlossen, damit ist er nicht mehr wild", rief Fiebinger. „Und zweitens haben wir das Recht auf unserer Seite. Oder sollen wir uns von Nazis terrorisieren lassen?" Aus dem vorherigen Klopfen wurde Beifall.

„Also gut", sagte Johannes. Dann stand er auf und verließ den Raum, ohne darauf zu achten, was ihm hinterhergerufen wurde.

Du hast versagt. Das war alles, was in seinem Gehirn Platz hatte. *Du schaffst es nicht einmal, deine Tarif-kommission zu führen. Du bist schuld an der Hetzjagd auf einen Menschen, und dem Familiengeheimnis kommst du auch nicht auf die Spur. Selbst das Verhältnis zu deiner Mutter hat gelitten.*

Ich muss hier raus, sonst werde ich noch verrückt. Er rannte förmlich an der verdutzten Melanie vorbei zu den Aufzügen. Im Auto angekommen, suchte er erneut nach seinem Smartphone. Es war nicht auffindbar. Das auch noch. Kurz entschlossen ging er erneut hinauf in die VGM Zentrale, wo gerade die Mitglieder der Tarif-kommission aus dem Besprechungsraum tröpfelten.

„Fabian, ich brauche mal dein Handy."

„Na, du hast ja Nerven." Fabian kramte sein Handy aus der Tasche, entsperrte es und hielt es Johannes hin. Johannes erwiderte nichts, sondern tippte die Nummer seiner Mutter ein.

„Mama …? Ja, ich bin's. Sag mal, hab ich mein Handy bei dir liegenlassen? Auf der Eckbank?"

Er wartete ungeduldig, bis Marion gesucht hatte. Die Mitglieder der Tarifkommission gingen an ihm vorbei und musterten ihn finster. Er drehte sich zur Wand, damit er die Blicke nicht sehen musste.

„Nein? Ach, blöd. Ja, ich hab's irgendwo verlegt. Sei so gut und such nochmal. Du kannst es von deinem Fest-netz aus anrufen. Wenn du es hast, ruf mich daheim auf dem Festnetz an, ja? Danke!"

Er legte auf, bevor Marion ins Reden kommen konnte, und tippte Victorias Nummer ein. Ein gutes Zahlen-gedächtnis war eben immer wieder nützlich.

„Hallo Victoria? Nein, das ist tatsächlich nicht mein Handy. Ich muss es verlegt haben. Hast du spontan Zeit?

Ich habe hier nämlich derzeit nichts zu tun. ... Ja, ich erkläre dir alles später, während hier die Streiks beginnen. ... Ja, ich weiß, wo das ist. Ich komme hin. Und tausend Dank, dass du das alles mitmachst." Er legte auf und gab Fabian das Handy zurück, bedankte sich kurz und distanziert und sah zu, dass er Land gewann.

Victoria ließ ihr Handy sinken, aber nur sehr kurz. Dann tippte sie hastig eine Nachricht ein. Ihr Finger schwebte schon über dem Senden-Button, als sie zögerte.

Sollte sie das wirklich tun?

Martin, die VGM plant einen Streik. Ich weiß es von Johannes Trappe. Wenn ich ihn richtig verstanden habe, hat er die Kontrolle über die Gewerkschaft verloren.

Johannes vertraute ihr offenbar, sonst hätte er sie ausgerechnet jetzt, genau dann (in der Krise), als alles kulminierte, nicht angerufen.

Andererseits war das ihre Gelegenheit, zu zeigen, auf welcher Seite sie stand – zu beweisen, dass sie eine echte Stinzig war, auch wenn sie einen anderen Namen trug.

Sie legte das Handy weg und tigerte unruhig durch die Wohnung. Als es klingelte, hatte sie sich entschieden. Sie holte tief Luft, drückte auf Senden und öffnete die Tür.

„Hallo, Johannes."

Marion wusste nicht, wann sie das Fotoalbum zuletzt in der Hand gehabt hatte, doch jetzt zog sie es aus dem Regal, setzte sich aufs Sofa und nahm es auf den Schoß.

Es endete kurz nach Johannes' zehntem Geburtstag. Danach hatte niemand mehr Fotos gemacht.

Sie schlug es auf. Ein Foto, das lose zwischen den Seiten gelegen hatte, rutschte ihr entgegen. Sie und Richard vor dem Standesamt in Heidelberg. Er im Anzug, sie im weißen Kostüm. Ihre Frisur hatte ein bisschen ausgesehen wie die von Lady Di.

Das war der Tag gewesen, an dem sie es endlich geschafft hatte. Im Westen angekommen. Niemand mehr da, der ihre Kleidung, ihren Schulabschluss, ihre Musikvorlieben belächelte. Und ihren Dresdner Akzent hatte sie sich auch schon fast vollständig abgewöhnt. Endlich war sie jemand.

Sie blätterte weiter. Hannes als Baby in der Badewanne, schlafend in der Wiege. Die gleiche Wiege, in der schon Richard gelegen hatte. Anna hatte sie aufarbeiten lassen und sie ihnen zur Geburt geschenkt.

Johannes. Sie konnte sich nicht erinnern, wann sie zuletzt mit ihm gestritten hatte. Und nun hatte sie Geheimnisse vor ihm, und er vor ihr, und schlagartig hatte sich ihr Verhältnis abgekühlt. Er hatte sie beinahe angeschrien, und sie war wirklich wütend auf ihn gewesen, hatte sich gewünscht, er möge sich aus der alten Geschichte raushalten und sich nur um seinen Tarifstreit kümmern. Dabei war es seine Familie genau wie ihre.

Marion blätterte weiter. Johannes lernte laufen, an der Hand seiner Oma. Ach ja, der Garten damals, mit dem Hang zur Straße. Wie er da einmal hinuntergepurzelt und im Zaun gelandet war. Erst hatte er vor Schreck geweint, aber dann hatte er sich wieder und wieder den Hang hinunterrollen lassen.

Anna. Allein auf ihren Wunsch hin hatte Marion jede Überlegung über Bord geworfen und eine hektische Folge von Aktivitäten entfaltet. Das sah ihr nicht ähnlich. Eigentlich war sie vorsichtig, ging mit Bedacht vor. Eben so, wie man es tat, wenn man über lange Zeit alleine Verantwortung trug. Aber Anna und sie verband eine ähnliche Erfahrung – nicht gut genug zu sein, belächelt zu werden und nichts daran ändern zu können. Der Stachel saß so tief in Marion, dass sie spürte, wenn Anna darunter litt.

Sie verstand Anna nur zu gut. Wer hatte je ihre Leistungen richtig gewürdigt? Sie hatte es sich nicht ausgesucht, alleine die Verantwortung für eine Familie zu übernehmen. Auch Marion hatte das nicht. Marion konnte nur ahnen, wie bitter es für Anna gewesen sein musste, zu erfahren, dass ihr geliebter Mann Wilhelm nie aufgehört hatte, Kontakt mit seiner Exfrau zu haben. Und Eduard hatte das Spiel weitergespielt.

Anna verdiente Achtung für ihre Lebensleistung und sie verdiente Frieden. Das war Marion ihr schuldig.

Entschlossen schob sie noch einmal den Gedanken beiseite, alles der Polizei zu überlassen. Die waren wie alle anderen. Nur nächstliegende, für sie dringende Probleme lösen. Was interessierte die schon eine alte Frau oder ein bereits verstorbenes Phantom. Man sah das an den Ermittlungen rund um den Einbruch. Die Polizei hatte Krankenhauspersonal befragt und Annas Aussage aufgenommen. Danach war nichts mehr passiert. Der Täter lief immer noch frei herum. Nicht einmal für Annas Sicherheit im Krankenhaus wurde gesorgt – angeblich, weil kein eindeutiger Zusammenhang zwischen dem Besuch des Fremden und ihrem neuerlichen Herzinfarkt bestand. Immerhin hatte man sie auf ein anderes Zimmer verlegt und ließ nur noch Familienangehörige zu ihr.

Sie blätterte weiter durch das Familienalbum – Urlaub an der Nordsee, gelbe Gummistiefel und Fischbrötchen, Hansi mit Schultüte, Weihnachten im alten Haus mit einem Weihnachtsbaum, der bis unter die Decke ging. Doch sie konnte sich nicht mehr konzentrieren.

Wie sollte sie Anna helfen? Der Besuch des Kurators hatte außer der Erkenntnis, dass Philomena Goldbach tatsächlich viele Jahre in Deutschland aktiv gewesen war und offenbar mit Eduard in Kontakt gestanden hatte, nichts weiter erbracht. Die Stiftung schien inzwischen von ihrer verstorbenen Gründerin völlig unabhängig zu sein, auch wenn Marion eine enge Verbindung zwischen dem Kurator und Philomena Goldbach gespürt hatte. Blieb nur Philomena Goldbach selbst. Aber außer der Tatsache, dass es einen Testamentsvollstrecker gab, hatte sie nichts in Erfahrung gebracht.

Egal wie. Sie würde die Herausforderung meistern.

Ein leises Brummen kam aus der Küche und unterbrach ihr Grübeln. War das etwa Johannes' Handy? Aber sie hatte doch gesucht …?

Sie eilte in die Küche und ging dem Geräusch nach. Da, tatsächlich. Es war in den Spalt zwischen der Sitzfläche und der Wand gerutscht. Sie sah es jetzt nur, weil es bläuliches Licht an die Tapete warf. Einem Impuls folgend, griff sie danach und nahm den Anruf entgegen.

„Hallo?"

„Hallo! Ist das nicht das Handy von Johannes Trappe?"

Bornscheid. Sie erkannte ihn sofort. Und dann erfand Marion einfach eine falsche Identität. Es ging ganz leicht. Sie ließ ihre Stimme nach unten sacken und kramte ihren Dresdner Akzent raus.

„Ja, dies ist der Apparat von Johannes Trappe. Ich bin die Sekretärin. Herr Trappe ist in wichtigen Tarifverhandlungen, und ich darf niemanden zu ihm durchstellen."

„Wie lang wird das dauern?"

„Och. Stunden. Die ganze Nacht womöglich."

Bornscheid seufzte in den Hörer. „Gut. Dann richten Sie ihm bitte folgendes aus…"

Und so erfuhr Marion, worüber sie sich vorher vergeblich den Kopf zerbrochen hatte: Namen und Adresse des Testamentsvollstreckers von Philomena Goldbach.

„Natürlich, ich leite die Information unverzüglich weiter, besten Dank, Herr Doktor Bornscheid, auf Wiederhören."

Ihr schwindelte. Konnte das möglich sein? Wie unwahrscheinlich war eine solche Verkettung von Umständen? Marion entschied sich, all diese unwahrscheinlichen Zufälle als Wink des Schicksals zu interpretieren.

Sie brauchte nur wenige Minuten, um sich zurecht zu machen. Dann saß sie in ihrem Auto. Und zum ersten Mal benutzte sie ihr Smartphone während der Fahrt, um einen Termin zu vereinbaren.

KAPITEL 22

„Du musst sie zum Abbruch bewegen." Victorias Stimme klang nachdrücklich und drängend. So sehr, dass Johannes überrascht war. „So ein Streik macht doch alles kaputt."

„Sicher ist das richtig, aber du auf der Seite des Großkapitals?"

Obwohl ihm nach den letzten Bildern nicht nach Witzeleien zumute war, konnte er sich die Bemerkung nicht verkneifen. Zu unerwartet kam Victorias geradezu emotionales Eintreten für eine Verhinderung des Streiks bei den Stinzigwerken. Als hinge ihr persönliches Wohl und Wehe dran, wunderte sich Johannes.

Victoria aktualisierte die Nachrichtenseite. Die Nachricht vom Streik bei Stinzig war die beherrschende Schlagzeile. Darunter war ein neues Video eingebunden: Fiebinger, der sein krebsrotes Gesicht in die Kamera hielt und sein Statement mit fliegenden Spucketröpfchen ins Mikro schrie.

„Mach's weg", sagte Johannes. „Das ist ja nicht auszuhalten."

„Ich bin nicht auf der Seite des Großkapitals", sagte Victoria, diesmal überraschend defensiv. Hatte sie seinen Witz nicht als solchen erkannt? „Ich denke nur an all die Arbeitsplätze. Wenn es der Firma schlecht geht, entlässt sie sicher eine Menge Leute."

„Mit diesem Argument haben die Firmen immer

schon versucht, ihre Leute zu schlechten Bedingungen weiter zu beschäftigen. Lieber ein schlecht bezahlter Job als gar keiner. Aber das sind nicht die einzigen beiden Alternativen. Stinzig geht es gut. Sie sind in der Lage, den Leuten anständige Konditionen zu bieten. Und wir haben nichts Unvernünftiges gefordert. Ich weiß bis heute nicht, warum die das so eskalieren lassen haben."

„Wenn ich dich vorhin richtig verstanden habe, sind doch die Streikteilnehmer und die VGM jetzt in ziemlichen Schwierigkeiten. Denn auch ein beschlossener Streik kann noch rechtswidrig sein, wenn bestimmte Abläufe nicht eingehalten werden?"

„Richtig. Von heute auf morgen kann praktisch nie gestreikt werden."

„Und für den Fall, dass der Streik rechtswidrig ist und Gerichte das feststellen, drohen den Mitarbeitern Verdienstausfälle und der VGM eine hohe Schadenersatzforderung."

„Ich hätte es nicht besser auf den Punkt bringen können", seufzte Johannes. „Die Frage ist, was mache ich jetzt?"

„Das fragst du ausgerechnet mich?", antwortete Victoria erstaunt.

Johannes zuckte mit den Achseln. „Du hast eine Menge vom aktuellen Konflikt mitbekommen und … ich vertraue dir."

Victoria nickte. Auf ihrem Hals erschienen rote Flecken, und sie räusperte sich. Sie hatte scheinbar nicht damit gerechnet, dass er so viel auf ihre Meinung gab. Ebenso wenig wie er selbst, wie er erstaunt feststellte.

„Was bleiben dir für Möglichkeiten, wenn du den Streik möglichst schnell wieder beenden willst?", fragte sie.

„Eigentlich bleibt nur eine", antwortete Johannes langsam. „Ich kann ein persönliches Ultimatum stellen. Das heißt, ich muss eine Tarifkommissionssitzung anberaumen und dort ganz formal erklären, dass der Streik meine Unterstützung nicht hat. Die Satzung der VGM regelt, dass Streiks immer nur einvernehmlich zwischen Tarifsekretär und Tarifkommission beschlossen werden können. Der Sinn ist genau, spontane und damit möglicherweise rechtswidrige Streiks zu vermeiden."

„Aber hättest du das nicht schon vorhin tun können?"

„Natürlich. Aber das hätte auch bedeutet, das Tischtuch zwischen mir und der Tarifkommission zu zerschneiden. Und wer die Mehrheit der Tarifkommission nicht mehr hinter sich hat, der ..."

„... kann gehen", vollendete Victoria seinen Satz und nickte. Victoria sah, wie Johannes mit sich rang.

„Es gäbe natürlich noch eine andere Möglichkeit", sagte er wie zu sich selbst. „Wenn ich die Meinel auftreiben und an den Verhandlungstisch zurückbringen könnte, würde ich zwei Fliegen mit einer Klappe schlagen. Wenn verhandelt wird, wird nicht gestreikt. Und ich könnte das unerträgliche Kesseltreiben gegen die Meinel beenden."

„Wird dir deine Kommission da folgen?" fragte Victorias skeptisch.

„Wenn ich behaupte, dass ein Verhandlungstermin kurz bevorsteht, und das mit einem Ultimatum verbinde, sollte es klappen." Er griff erneut nach seinem nicht vorhandenen Smartphone. „Fuck", fluchte er laut. „Victoria, kann ich bitte dein Telefon haben?"

Wenige Minuten später hatte er eine Tarifkommissionssitzung für den nächsten Morgen anberaumt. Bei Su-

156

sanne Meinel ging nur der Anrufbeantworter ran. Das machte Johannes nervös. Er würde es später wieder probieren.

Elena Müller war ein Glücksfall: loyal, tatkräftig und unerschrocken – und sofort bereit, für Susanne in die Bresche zu springen. Es hatte ein wenig gedauert, bis sie alle Vorbereitungen abgeschlossen hatte – das hatte Susanne die Gelegenheit gegeben, ein paar notwendige Dinge in eine Reisetasche zu werfen.

Sie hatte mit Elenas Anruf gerechnet, trotzdem begann ihr Herz zu rasen, als das Telefon klingelte.

„H…hallo?"

„Susanne? Ich bin's, Elena. Alles ist bereit." Sie klang ein wenig atemlos, Susanne hörte den Wind über das Mikrofon streichen. „Ich bin jetzt in der Querstraße."

„Hast du eine Perücke auf?"

„Ich hab dir doch gesagt, meine Schwester hat einen ganzen Fundus. Bisschen länger als deine Haare, aber die Farbe kommt hin. Es wird reichen, um die Meute kurz von deinem Haus abzuziehen."

„Danke, Elena. Pass auf dich auf."

„Und du auf dich. Melde dich, wenn du in Berlin bist, okay?"

„Mach ich."

Susanne legte auf. Sie wickelte einen Schal um die untere Gesichtshälfte und zog eine Mütze tief in die Stirn. Sie löschte das Licht im Wohnzimmer, dann näherte sie sich vorsichtig dem Wohnzimmerfenster, bog die Lamellen des Rollos einen Fingerbreit auseinander und spähte hinaus.

Es war dunkel, doch die Straße war vom Licht der

Übertragungswagen geflutet. Trauben von Journalisten hingen am Zaun, einer stieg durch ihr geliebtes Rosenbeet. Susanne biss sich auf die Lippe. Alles würde in Ordnung kommen. Irgendwann.

Plötzlich schwenkten einzelne Scheinwerfer weg vom Haus und beleuchteten stattdessen die Straße. Journalisten begannen zu rennen. Elena gab offenbar eine überzeugende Susanne-Meinel-Kopie ab. Susanne positionierte sich an der Haustür, spähte durch den Briefschlitz. Die versammelte Journaille rückte ab und machte Jagd auf Elena. Susanne atmete tief durch und nahm allen Mut zusammen. Sie trat ins Freie, warf die Haustür hinter sich zu, schwang sich aufs Fahrrad und trat in die Pedale.

Ohne Beleuchtung schwenkte sie in den Wirtschaftsweg ein, der hinter ihrem Haus zu den Feldern führte. Sie fühlte sich gehetzt und ausgeliefert. Ihre Lungen brannten, das Fahrrad bockte und ruckte unter ihr – der Weg war geteert, aber trotzdem voller Schlaglöcher.

Hätte sie doch das Auto nehmen sollen? Sie fühlte sich, als käme sie in der Dunkelheit überhaupt nicht vom Fleck. Aber nein, praktisch jeder Journalist hatte sich ihr Kennzeichen notiert. Mit dem Auto wäre sie nicht weit gekommen.

Die Wolkendecke riss auf, der Mond erschien. Susanne sah ein wenig besser. Sie wagte einen Blick über die Schulter – die Lichter der Übertragungswagen waren weithin sichtbar. Einzelne Lichtquellen bewegten sich die Straße entlang. Hoffentlich hatte Elena gute Schuhe an, damit sie den Reportern entkommen konnte.

Vor ihr tauchte die Leitplanke auf, ein schmales silbriges Band, das ihr Orientierung gab. Der Wirtschaftsweg mündete hier auf die Bundesstraße. Gegenüber verlief der Fahrradweg. Endlich traute Susanne sich, das Licht einzuschalten.

Sie erwischte die S-Bahn. Ihr Fahrrad ließ sie am Bahnhof zurück, ohne es abzusperren. Sie saß im kalten Neonlicht auf dem abgewetzten Polster und starrte in die Nacht.

Wie hatte das passieren können. Wie hatten die Verhandlungen ihr nur so entgleiten können? Sie gezielt zum Scheitern zu bringen, das war ihr Auftrag gewesen. Nun hatte sie sich selbst damit in die Tiefe gerissen. Sie hatte nicht erkannt, wie gefährlich dieser Trappe war, der so harmlos daherkam, so verbindlich-freundlich, sachlich, als wäre er wirklich an einer einvernehmlichen Lösung interessiert.

Sobald sie wieder im Sattel saß, würde sie ihm ein Heer aus Anwälten auf den Hals hetzen. Sie würde dafür sorgen, dass er nie wieder einen Job fand. Sie würde ihn vernichten, so wie er sie vernichtet hatte – nur ungleich gründlicher.

In Pforzheim stieg sie aus. Der Bahnhof hatte, worauf sie gehofft hatte: einen Handyladen, wo sie ein billiges Prepaid-Handy erwarb.

Zum ersten Mal seit Tagen spürte sie …

Aber nichts veränderte sich. Kein Aufwachen. Stattdessen kamen allmählich die Dämonen zurück ins Bewusstsein, die sie in den letzten Tagen so sehr gepeinigt hatten. Dämonen, die sie glaubte, endgültig weit in ihre Vergangenheit zurückgeschickt zu haben, wo sie hingehörten. Schwarze Gestalten, die ihr immer wieder klargemacht hatten, dass sie nicht dazu gehörte, nicht gut genug sei. Und solche, die ihr schlimmste Qualen verhießen für den Fall, dass sie den für sie vorgesehen

Platz verließ und nach Besserem strebte. Gerade die sprachen immer mit der Stimme ihrer Mutter. Sie hörte den vertrauten Berliner Akzent, das Kratzen, das manchmal in Heiserkeit endete.

Susanne setzte sich kerzengerade auf. Nein, schrie es in ihr. Das musste ein Ende haben. So wie damals, als ihre Mutter endlich ihren Weg akzeptiert und am Ende sogar stolz gewesen war.

Der Anschluss ihrer Mutter war in den letzten Tagen nicht erreichbar gewesen. Eine Störung vermutlich, das kam häufig vor in dem Plattenbau mit den alten Schaltkästen. Wenn der Anschluss immer noch nicht erreichbar war, würde Susanne einfach ohne Vorankündigung hinfahren. Und dann – mal weitersehen. Vielleicht ließ ihre Mutter sich tatsächlich zu einem spontanen Norwegen-Urlaub überreden.

Susanne lächelte und tippte entschlossen die Nummer ein, die sie im Schlaf kannte.

Freizeichen. Der Anschluss funktionierte. Ein Glück.

„Meinel?"

Susanne schluckte. „Mama", seufzte sie erleichtert. „Du bist dran. Dein Telefon war kaputt."

Stille.

„Mama? Sag etwas."

„Was soll ich dir zu sagen haben? Ich erfahre im Fernsehen alles, was ich über meine Tochter wissen muss. Heute Morgen waren sogar Reporter hier! Die haben mich auf dem Weg zum Briefkasten abgefangen!"

„O Gott, Mama, das tut mir leid."

„Ich habe immer gewusst, dass aus dir nichts wird. Die reichen Leute haben dich verdorben! Dass du mit den Rechten paktierst! Hast du denn gar keinen Anstand!"

„Mama, nein", stammelte Susanne fassungslos. „Ich paktiere doch nicht. Das war doch nur früher. Reiner Dischel. Mit dem war ich doch nur ganz kurz zusammen, und diese Gewerkschaft zerrt das jetzt raus, weil sie mich fertigmachen will!"

„Aha! Also wie immer! Du kannst mal wieder nichts dafür!", höhnte ihre Mutter. „Du Unschuldslamm! Wann lernst du endlich, dass man für seine Taten geradestehen muss!"

„Ich habe nichts getan! Das ist alles Lüge!"

„Das Fernsehen sagt was anderes."

Susanne wischte sich mit fahriger Hand übers Gesicht. „Mama, du wirst doch dem Fernsehen nicht mehr glauben als mir. Bitte. Ich wollte vorbeikommen. Wir könnten sehen, ob wir einen Flug nach Norwegen bekommen. Da wolltest du doch immer hin."

„Von mir aus bleibst du, wo der Pfeffer wächst", sagte ihre Mutter. „Ich fahre mit dir nirgendwohin. Du hast dir das alleine eingebrockt, du musst es jetzt auch alleine auslöffeln."

Ein Klicken. Freizeichen. Susannes Mutter hatte aufgelegt.

Susanne saß wie gelähmt. Sie hörte, dass sie weinte, aber sie spürte es nicht. In ihr war alles leer.

Wann lernst du endlich, dass man für seine Taten geradestehen muss.

Aber wie? Und wohin jetzt? Sie war ganz allein. Ihre Kraft war aufgebraucht. Sie hatte versagt. Eine Entscheidung hatte alles zerstört, was ihr wichtig gewesen war: ihre Karriere. Mama hätte stolz auf sie sein sollen. Dieses eine große Ziel: verfehlt.

Und nichts blieb.

Nach einer Ewigkeit stand sie auf. Sie ging zurück in Richtung Bahnhof, stieg die Stufen zur Fußgängerbrücke hinauf. Es waren viele Stufen. In einiger Entfernung näherte sich ein Zug. Seine Scheinwerfer blinzelten ihr zu.

Sie ging zum Geländer, beugte sich vor. Sie blieb ganz alleine.

KAPITEL 23

Marion kniff die Augen zusammen, um die Haus-
nummern besser lesen zu können. 38, 40, 42. Hier war
es. Sie fand die telefonisch beschriebene Abfahrt zur
Tiefgarage und drückte den Knopf an der Sprechanlage.
Auf die quäkende Lautsprecherfrage sagte sie: „Marion
Trappe. Ich werde erwartet." Die rot-weiß gestreifte
Schranke hob sich und Marion hatte Mühe, der engen
Abfahrt zu folgen.

Die Aufzüge stellten die nächste Herausforderung
dar. Scheinbar war es nicht egal, welchen man nahm,
sondern man musste auf einer Schaltfläche das richtige
Stockwerk angeben. Zumindest interpretierte Marion
das, was eine Geschäftsfrau tat, auf diese Weise. Als ein
Aufzug die Frau abgeholt hatte, trat Marion ans Display und wiederholte das, was sie beobachtet hatte. Zu
ihrer großen Erleichterung öffnete sich eine Kabine,
und sie stieg ein.

Im Inneren suchte sie vergeblich nach Schaltflächen für
die Stockwerke. Inzwischen setzte sich der Aufzug von
selbst in Bewegung und trug sie geräuschlos nach oben.
Schließlich öffnete er sich in einer kleinen Lobby. Ein
Schild zeigte Marion, dass sie richtig war. Dr. Andreas
Breidenbach – verschnörkelte Schrift auf blauem Grund.

Marion stellte sich der erstaunlich bodenständig wir-
kenden Assistentin vor, die besser an eine Supermarkt-
kasse als in dieses mondäne Vorzimmer gepasst hätte,

wurde um einen Moment Geduld gebeten und nahm auf der ledernen Sitzgruppe Platz.

Nur zwei Minuten später schwang die Tür auf.

„Guten Tag", erklang ein tiefer, raumfüllender Bass, der überhaupt nicht zu der Erscheinung passen wollte, die sie vor sich sah: ein kleiner, zierlicher Mann mit einem Gewirr grauer Locken, der die 60 sicher deutlich überschritten hatte. Er verbeugte sich leicht.

„Mein Name ist Andreas Breidenbach. Sie sind Frau Trappe? Bitte kommen Sie doch herein."

„Ja. Vielen Dank."

Marion folgte Breidenbach in dessen Büro und ließ sich von ihm zu einer Sitzgruppe lotsen.

„Kaffee?", fragte er, während Marion sich in das überraschend bequeme Sofa sinken ließ.

„Ja, gerne. Mit Milch, wenn das möglich ist."

„Eine meiner leichtesten Übungen." Er lächelte charmant und ging dann, um sich persönlich um den Kaffee zu kümmern.

Kurz darauf hatte Marion den besten Kaffee seit langem vor sich und Breidenbach, freundlich zugewandt, ihr gegenüber.

„Liebe Frau Trappe." Er betonte ihren Namen auffällig. „Eigentlich dürfte dieser Termin überhaupt nicht stattfinden." Breidenbach machte eine Kunstpause. „Sie werden sich dann fragen, warum Sie trotzdem hier sitzen."

„Jedenfalls bin ich sehr dankbar, dass Sie es ermöglicht haben." Sie nippte an ihrer Tasse. „Und der Kaffee ist wirklich ausgezeichnet."

„Mexikanische Röstung", sagte Breidenbach erfreut. „Das Leben ist zu kurz für schlechten Kaffee, finden Sie nicht?"

„Allerdings."

„Bevor wir zum Thema kommen – darf ich Sie fragen, ob Sie eine gebürtige oder verheiratete Trappe sind?"

Spontan entschied Marion sich für die ungeschminkte Wahrheit. „Ich habe geheiratet", sagte sie. Auf Breidenbachs fragenden Blick setzte sie hinzu: „Richard Trappe. Ich bin seine Witwe."

„Das tut mir leid", beeilte sich Breidenbach zu versichern. „Entschuldigen Sie bitte, wenn ich weiter frage. Hat Ihre Familie, ich meine die Familie Ihres Mannes, einen gewerkschaftlichen Hintergrund?"

Marion lachte auf. „Das ist wohl die Untertreibung des Jahres. Es gibt nichts, was sich in meiner Familie mehr im Vordergrund befindet. Schon mein Schwiegervater war bei der VGM und jetzt ist mein Sohn dort Tarifsekretär."

Breidenbach nickte und wirkte nicht im Mindesten überrascht. „Dann ist also Ihr Sohn Johannes Trappe, aktueller Tarifsekretär bei der VGM und Enkel von Wilhelm Trappe?"

„So ist es, aber warum ist das alles so wichtig?"

„Einen Moment Geduld", entgegnete Breidenbach und hob beschwichtigend die Hände. „Ich werde mich bemühen, sofort alles zu erklären." Er stand auf, kramte auf seinem Schreibtisch und kam mit einem Umschlag zurück, den er vor sich auf den Tisch der Sitzgruppe legte. Der Umschlag war dick und stellenweise bräunlich verfärbt. Man sah ihm auf den ersten Blick an, dass er aus einer anderen Zeit stammte.

„Ich sagte ihnen schon, dass dieser Termin eigentlich nicht hätte stattfinden dürfen", nahm Breidenbach den Gesprächsfaden wieder auf. „Damit meine ich präzise, nicht zum Thema Ihres Besuches. Die Testamentsangelegenheiten von Philomena Goldbach, deren Vollstrecker ich bin, haben mit Ihnen persönlich nichts zu tun, wohl aber mit Ihrem Sohn Johannes. Eigentlich dürfte ich Ihnen nicht einmal das sagen, aber ich werde meine Gründe erläutern. Für den Moment ist es wichtig, dass ich Sie als Bevollmächtigte von Johannes Trappe ansehen kann."

„Natürlich", presste Marion hervor. Ihre innere Anspannung hatte den Höhepunkt erreicht.

„Wie Sie natürlich wissen, war Philomena Goldbach die geschiedene Ehefrau von Wilhelm Trappe." Marion nickte, und Breidenbach fuhr fort: „Was Sie vielleicht nicht wissen, ist, dass Wilhelm Trappe auch nach der Scheidung Verbindung zu seiner Exfrau hielt."

„Und ob ich das weiß! Meine Schwiegermutter hat Zeit ihres Lebens darunter gelitten."

„Wissen Sie auch, dass die Scheidung einen politischen Hintergrund hatte? Frau Goldbach stammte aus einer jüdischen Familie und zum Zeitpunkt der Scheidung galten die Nürnberger Rassengesetze."

„Gewusst nicht, aber geahnt – die Zusammenhänge sind hier ja ziemlich offensichtlich."

Breidenbach nickte. „Die Eheleute Trappe sahen damals offenbar keinen anderen Ausweg als die Scheidung. Jedenfalls blieben sie auch nach der Scheidung immer in Kontakt. Jetzt beginnt der Teil, den ich nur einer bestimmten Person, oder sagen wir lieber, einem genau definierten Personenkreis mitteilen darf. So jedenfalls legt es der letzte Wille von Frau Goldbach fest. Dabei handelt es sich um einen Nachfahren von Wilhelm Trappe, der noch dazu eine leitende Position bei der VGM oder einer Nachfolgeorganisation bekleiden muss."

Marions Gedanken wirbelten herum. Wollte sie wirklich Informationen, die Johannes vorbehalten waren? Das war eigentlich nicht richtig. Sie hinterging ihn – schon wieder. Und ein Geheimnis schien immer weitere, größere nach sich zu ziehen.

Nein, das musste ein Ende haben. Sie würde nicht ihre Familie aufs Spiel setzen. Der Gedanke blieb in ihrem Kopf haften und löste ein Echo aus. Das musste ein Ende haben ... So hatte sie es auch Anna versprochen. Warum Johannes mit einer offensichtlich uralten Geschichte belasten?

„Ich gehe also jetzt davon aus, dass Sie von Johannes Trappe bevollmächtigt sind", sagte Breidenbach. Marion nickte.

„In den letzten Jahren habe ich mir oft gewünscht, in dieser Angelegenheit tätig werden zu dürfen. Aber manchmal dachte ich, es würde nie der Fall sein. Aber jetzt sind Sie ja hier. Und glauben Sie mir, das hier ist bedeutsam für viele Menschen."

Marions Blick fiel auf den verschlossenen Umschlag. „Ist es da drin?" Und als Breidenbach nickte, fuhr sie fort: „Woher wissen Sie das?"

Er wich zum ersten Mal ihrem Blick aus. „Frau Goldbach hat entsprechende Andeutungen gemacht, aus denen ich meine Schlüsse ziehen konnte", antwortete er steif. „Sie gehen wohl nicht davon aus ..."

„Nein, natürlich nicht", beeilte sich Marion zu versichern.

„Wenn Sie mir Ihre Bevollmächtigung schriftlich versichern, würde ich Ihnen den Umschlag für Johannes Trappe übergeben und damit meine Verpflichtungen erfüllen."

„Wo muss ich unterschreiben?"

Nachdem Marion die von Breidenbach offerierten Papiere unterschrieben hatte, wurde sie den Gedanken nicht los, dass Breidenbach den Umschlag lieber ihr als Johannes übergab. Was war so Entscheidendes darin, dass er es einerseits unbedingt in die Hände der Familie Trappe legen wollte, andererseits aber einen eigentlich ihm nicht gestatteten Umweg wählte? Sie gab das Grübeln für den Moment auf und verabschiedete sich von dem merkwürdigen kleinen Mann mit der grauen Mähne.

Was zum Teufel macht die Alte hier, dachte Stiller missmutig. Er klebte jetzt schon ewig an Marion Trappes Fersen, ohne etwas Zählbares zu erreichen. Aber Auftrag war Auftrag, obwohl ihm beim Gedanken an seinen Arbeitgeber zum wiederholten Mal die Galle hochkam. Sowas von scheiß arrogant. Wenn da bloß nicht die Kohle wäre …

Stiller wischte den Gedanken beiseite und fasste einen Entschluss. Er stieg aus seinem schwarzen SUV, überquerte die Straße und betrat die Tiefgarage, in die er Marion Trappe vor knapp einer Stunde hatte hineinfahren sehen. Wenn es etwas zu holen gab, dann vielleicht am besten direkt in der Garage.

Marion saß auf dem Fahrersitz und hatte den Umschlag auf ihren Knien. Er schien wie Feuer auf ihren Beinen zu brennen. Sie rang mit sich. Sollte sie oder sollte sie nicht? Was steckte in dem Umschlag und was bedeuteten die geheimnisvollen Andeutungen des Notars? Konnte es sein, dass der Inhalt dieses Umschlags die Ursache für gefährlichen Überfälle auf Anna war? Sollte sie ihn wirklich öffnen, und damit Zugang zu etwas erhalten, was definitiv nicht ihr zugedacht war?

Das Papier des Umschlags war dick und fühlte sich rau an. Der Klebstoff hatte im Laufe der Jahre seine Wirkung eingebüßt und hielt Umschlag und Klappe nur noch an wenigen Stellen verschlossen. Sie griff nach ihrer Handtasche und fand darin das Gesuchte. Eine Nagelfeile. Vorsichtig rückte sie den verbliebenen Klebestellen zu Leibe und konnte gleich darauf die Lasche öffnen. Sie fühlte hinein und ertastete mehrere Bogen dickes Papier. Behutsam zog sie die Bögen aus dem Umschlag. Es waren zwei Dokumente: ein einseitiges und ein mehrseitiges, das von einer leicht korrodierten Heftklammer zusammengehalten wurde. Marion legte den Mehrseiter vorsichtig auf den Beifahrersitz und entfaltete das einseitige Schriftstück. Die Seite war bedeckt von einer schwungvollen Handschrift. Die Unterschrift beseitigte die letzten Zweifel – dieses Dokument war von Wilhelm Trappe persönlich verfasst worden. Sie konnte auch ein Datum entziffern: 01. Juli 1957. Sie versuchte, die steil nach rechts geneigte, leicht verschnörkelte Handschrift zu entziffern, was nicht ganz einfach war. Marion konzentrierte sich.

Stiller fluchte innerlich zum wiederholten Mal. Marion Trappe hatte ihn glücklicherweise nicht bemerkt, weil sie auf irgendetwas starrte, das auf ihrem Schoß lag. Vielleicht genau das, wonach er schon so lange suchte? Am liebsten hätte er die Autotür aufgerissen und ihr einfach abgenommen, was immer sie da hatte, aber sie hatte sich im Auto eingesperrt. Vielleicht, weil sie etwas

Verbotenes tat. Was die Sache für Stiller nur noch interessanter machte.

Er hatte lange genug gewartet. Zugriff.

Mit einiger Mühe konnte Marion das Schreiben entziffern.

Lieber Nachfahre,

wenn Du das liest, muss ich davon ausgehen, dass sich die Dinge nicht so entwickelt haben, wie ich es erhofft habe und Umstände eingetreten sind, für die ich diese Sicherungsmaßnahme ersonnen habe.

Du wirst Dich wundern, diesen Umschlag aus der Hand einer Dir unbekannten Frau zu empfangen. Ich darf Dir versichern, dass Philomena Goldbach absolut vertrauenswürdig ist und trotz unserer Scheidung immer treu zu mir stand. Daran hat auch meine anschließende Ehe nichts geändert.

Das beigelegte Dokument stellt einen rechtsgültig abgeschlossenen Tarifvertrag zwischen der VGM und der Stinzig AG dar. Er beinhaltet die schon lange notwendige Altersversorgung für alle Mitarbeiter. Der Tarifvertrag ist nur Karl Stinzig und mir bekannt. Wegen der großen anstehenden Investitionen bei Stinzig haben wir eine Veröffentlichung, die sich negativ auf die Bonität hätte auswirken können, auf einen späteren Zeitpunkt vertagt.

Für den Fall, dass inzwischen eine andere Altersversorgung eingerichtet ist, dürfte das beiliegende Dokument allenfalls historischen Wert haben. Wenn dies allerdings nicht geschehen ist, wirst Du als Verantwortlicher unserer VGM genau wissen, wie wertvoll es ist. Man könnte wohl sagen, nicht mit Gold aufzuwiegen.

Ich hoffe, auf diese Weise kann ich verhindern, dass unsere Mitglieder langfristig um ihren gerechten Lohn für ihre aufopferungsvolle Arbeit gebracht werden. Es gibt Gründe und Anzeichen, die mich glauben lassen, dass es gefährlich ist, einen solchen Tarifvertrag zu lange unter Verschluss zu halten und die Versuchung stetig größer wird, ihn nie das Licht der Öffentlichkeit erblicken zu lassen.

Heidelberg, den 01. Juli 1957

Wilhelm Trappe

Marion schluckte, um das Gefühl der Trockenheit loszuwerden, das sich in ihrem Mund ausgebreitet hatte. Ein flüchtiger Blick auf das Deckblatt des zweiten Dokuments bestätigte, dass es sich um einen Tarifvertrag zwischen der VGM und der Stinzig AG handelte. Was sollte sie jetzt tun? Marion war sich über die Bedeutung des Schriftstücks nicht sicher. Gab es bei Stinzig eine Altersvorsorge? Johannes hatte nur von dem sich immer weiter zuspitzenden Tarifkonflikt erzählt, aber von Altersvorsorge war ihrer Erinnerung nach nicht die Rede gewesen. Und selbst wenn, konnte dieses alte Dokument jetzt überhaupt noch eine Wirkung entfalten? Wenn, dann ging es sicher um sehr viel Geld. Seit 1957. Wer sollte das jetzt bezahlen?

Johannes würde es wissen, natürlich. Schon bereute sie, den Umschlag überhaupt geöffnet zu haben.

Sie erschrak zu Tode, als jemand an ihr Seitenfenster klopfte. Dunkle Kleidung, ein Mann, das Gesicht konnte sie nicht sehen, weil er zu nah am Auto stand. Zitternd ließ sie das Fenster zwei Fingerbreit hinunter – und schrie vor Schreck, als der Mann vor dem Auto plötzlich etwas in den Spalt rammte – schwarz und länglich, eine … Pistole?

Marion starrte in die Mündung der Waffe.

„Tür auf, sonst blase ich dir den Schädel weg", sagte eine tiefe Stimme.

Ein Schwall heißer Angst breitete sich in ihrem Körper aus. Sie war unfähig, sich zu bewegen und brachte lediglich ein schwaches Kopfnicken zustande.

„Wird's bald!"

Marion öffnete die Tür. „Was wollen Sie von mir?" Ihre Stimme gehorchte ihr kaum, sie konnte den Blick nicht von der Waffe wenden. „Ich hab fast kein Geld dabei."

„Gib mir den, ähm, Papierkram und mach keinen Quatsch. Vor allem Schnauze!"

Marion raffte die Papiere zusammen. Sie zerknickten unter ihren Händen. Wie in einem Film sah sie sich selbst dabei zu, wie sie das Papierbündel dem Fremden hinhielt. Doch statt es einfach zu nehmen, holte der Mann aus. Ein stechender Schmerz. Marion wurde zur Seite gerissen und sackte über dem Schaltknüppel zusammen. Hatte der Fremde geschossen? Sie war sich nicht sicher. Starb sie jetzt?

Sie hatte Kopfschmerzen. Warme Flüssigkeit lief ihr über die Schläfe und tropfte auf den Beifahrersitz. Blut.

Schritte entfernten sich. Eine Autotür klappte. Ein Motor wurde angelassen.

Marion rappelte sich stöhnend auf. Aus dem Rückfenster sah sie einen schwarzen SUV, der an ihrem Auto vorbeifuhr und an der Schranke wartete, um die Tiefgarage zu verlassen. Halb blind vor Schmerz tastete sie nach ihrem Smartphone, entsperrte es wie ferngesteuert und drückte auf den Auslöser der Kamera. Dann umfing sie Schwärze.

Kapitel 24

„Sie kommen zu spät", sagte Stiller.

„Haben Sie die Dokumente?", fragte die schlanke, schwarz gekleidete Gestalt. Ihre Stimme klang gedämpft unter dem Motoradhelm.

„Sie klingen so ganz anders als am Telefon." Stiller genoss die Situation und gönnte sich die provozierende Bemerkung.

„Kommen wir zum Geschäft. Ich habe nicht den ganzen Tag Zeit."

„Nicht so hastig. Ähm, setzen wir uns doch." Mit übertriebener Geste deutete Stiller in Richtung des vierfach bestuhlten Konferenztisches, der praktisch das einzige Mobiliar des heruntergekommenen Büros darstellte.

„Also gut." Der schwarz Gekleidete setzte sich. Stiller nahm ihm gegenüber Platz. Er holte die Papiere aus der Innentasche seiner Jacke und schob sie dem schwarz gekleideten Mann hinüber. Der entfaltete sie und warf einen flüchtigen Blick darauf.

„Das sind Kopien", sagte er. „Wo ist das Original?"

„Wir sind hier ja ganz schön weit draußen", plauderte Stiller, als hätte er den Einwand des Anderen nicht gehört. „Ich, äh, wusste gar nicht, dass es hier überhaupt noch Bürogebäude gibt."

„Was soll das? Ihr Auftrag ist erst erfüllt, wenn ich die Originale habe. Die sich ja angeblich in Ihrem Besitz befinden. Also, her damit! Wenn es die richtigen sind, erhalten Sie Ihr restliches Honorar und die vereinbarte Erfolgsprämie."

„Jetzt mal hübsch langsam", provozierte Stiller weiter. „Ich habe noch gar nicht entschieden, ob ich die Originale, ähm, vielleicht selbst behalte. Oder einer dritten Partei aushändige."

„Dazu haben Sie kein Recht", zischte sein Gegenüber. „Die Papiere müssen in meinen Besitz, das war die Abmachung!"

„Kein Recht? Das sagen Sie, der mich nicht nur engagiert, sondern zu fortgesetztem Rechtsbruch animiert hat?"

„Sie haben immer und ausschließlich auf eigene Verantwortung gehandelt. Ich habe keine Ahnung, was Sie getan haben, um Ihren Auftrag zu erfüllen."

„Das war ja klar", höhnte Stiller. „Der saubere Herr Auftraggeber wäscht seine Hände in Unschuld. Alles meine Sache, die Drecksarbeit. Aber wissen Sie was, ähm, genau deshalb habe ich mir den Umschlag genauer angeschaut. Erst dachte ich, bloß ein Haufen Altpapier. Dann habe ich kapiert ich, dass es sich um einen Tarifvertrag handelt, uralt, abgeschlossen zwischen der VGM und den Stinzigwerken. Es ging wohl vor allem um, ähm, Betriebsrenten."

„Warum erzählen Sie mir das alles?", fragte der Helmträger. „Das ist für Sie alles ohne Belang. Geben Sie mir die Papiere und dann sind wir fertig."

„Ich wurde aus dem Zeug trotzdem nicht richtig schlau", fuhr Stiller unbeirrt fort. „Deshalb habe ich mir ein bisschen, ähm, Hilfe besorgt. Es ist doch einfach gut, wenn man auch einen Rechtsverdreher kennt. Der war erst ziemlich verdattert, als ich ihm den ollen

Zettelhaufen zeigte, aber dann ist er richtig zur Hochform aufgelaufen. Wissen Sie, was er mir erzählt hat?" Stillers Gegenüber setzte zu einer Erwiderung an, aber der winkte ab. „Das Ding ist zwar ziemlich alt, aber wirksam. Jedenfalls dann, wenn es keinen, ähm, anderen Tarifvertrag gibt, der diesen hier wirkungslos macht. Ablöst, hat mein Kumpel das genannt. Dann hat er in so ein Verzeichnis geschaut, wo alle Tarifverträge registriert sein müssen. Wussten Sie, dass es so etwas gibt? Entscheidend ist, dass es zum Thema Altersversorgung keinen Tarifvertrag bei Stinzig gibt. Jedenfalls ist keiner im Tarifregister aufgeführt." Stiller schwieg und schaute sein Gegenüber auffordernd an.

„Ja, mag sein", räumte dieser schließlich ein. „Aber Ihre Fortbildungsbemühungen in Sachen Arbeitsrecht sind mir herzlich egal. Lassen Sie uns das endlich abschließen."

„Ich kann mir denken, dass Sie diese Sache so schnell wie möglich abschließen wollen. Der Tarifvertrag läuft immerhin seit, ähm, schlappen fünfzig Jahren oder so. Und bisher ist den Mitarbeitern gar nichts bezahlt worden. Die genannten Beträge sind zwar noch in DM und ziemlich bescheiden, aber im Vertrag ist auch eine, ähm, Inflationsklausel enthalten. Ich habe das nicht im Detail verstanden, aber das heißt wohl, dass sich die Beträge mit der jährlichen Teuerungsrate erhöht haben. Rechnet man also die heutige Summe aus und multipliziert sie mit der Anzahl der Mitarbeiter bei Stinzig seit 50 Jahren, kommt ein ziemlich hübsches Sümmchen zusammen." Stiller machte eine Kunstpause. „Viele Millionen Euro. In jedem Fall mindestens zweistellig. Deswegen sind Sie so scharf auf den Wisch. Wenn das wirklich alles stimmt und der Vertrag gilt, sind die Stinzigwerke im Arsch. Deshalb denke ich, dieser alte Schrieb ist eine ganze Menge mehr wert als den kärglichen Hungerlohn, mit dem Sie mich abspeisen wollten."

„Was wollen Sie?", fragte der Schwarzgekleidete.

„Ich bin immer bescheiden, ähm, das ist meine Natur. Sagen wir, eine runde Summe. Zehn Millionen. Dafür bekommen Sie nicht nur den Wisch, sondern sehen mich auch nie wieder", antwortete Stiller.

„Sie sind verrückt. Was fällt Ihnen ein? Das ist völlig unmöglich!"

„Meinen Sie? Was, glauben Sie, wird die VGM sagen, wenn ich ihr den Tarifvertrag präsentiere?"

„Davon haben Sie nichts. Die Gewerkschaft zahlt Ihnen nichts dafür. Schließlich stünde das Geld aus dem Tarifvertrag den Arbeitnehmern zu", entgegnete der Schwarze.

„Da wäre ich mir nicht so sicher. Und außerdem reicht die Möglichkeit, Stinzig zu ruinieren, für meine Zwecke völlig aus. Bevor Sie jetzt noch irgendetwas Blödes sagen, sollten Sie wissen, dass sich die Originale an einem, ähm, sicheren Ort befinden und nur zu Ihnen gelangen, wenn ich im gleichen Zug das Geld erhalte. Und vergessen Sie gleich alle Tricks. Es muss schnell gehen, weil mir hier der Boden unter den Füßen langsam zu heiß wird."

„Aber wie soll ich so schnell so große Mengen von Bargeld beschaffen?"

„Wer spricht denn von Bargeld? Schon mal was von Digitalisierung gehört? Sie überweisen mir die Summe in Bitcoins. Ich lasse Ihnen die Information zukommen, wohin. Wenn das Geld bei mir ist, bekommen Sie die Originale samt aller Kopien und Sie können damit an-

stellen, was Sie wollen. Sonst …" Stiller ließ den Satz unvollendet.

„Wann soll die Transaktion vonstatten gehen?", frage
der Schwarze.

„Spätestens übermorgen. Sie erfahren die genauen,
ähm, Modalitäten kurzfristig. Besorgen Sie schon mal
die Kohle. Diesmal rufe ich Sie an." Mit diesen Worten
ließ Stiller ein billiges Prepaid-Handy auf die wertlosen
Kopien fallen, stand auf und verließ den Konferenzraum,
ohne sich noch einmal umzudrehen.

„Was sagen Sie? Fünf Milliarden Euro?", fragte Sven erschüttert.

„Nach vorsichtigen Schätzungen ja. Sie müssen bedenken: zehntausende Mitarbeiter über fünfzig Jahre mit
einer durch den Inflationsausgleich steigenden Betriebsrente."

„Und der Vertrag gilt?", fragte Sven weiter.

„Ich fürchte, ich kann die Wirksamkeit des Tarifvertrags
nicht ausschließen", sagte Rechtsanwalt Dr. Kai Volkers, ein
hagerer Mann mit schütterem Haar und randloser Brille.

„Geht das nicht etwas genauer? Gilt er nun oder gilt er
nicht?" Sven kochte innerlich. Warum konnten Anwälte
nie eine klare Aussage treffen? Immer, wenn es um viel
ging, schoben sie die Verantwortung möglichst weit von
sich weg.

„Sie müssen verstehen, dass es sich hier um einen sehr
ungewöhnlichen Fall handelt. Ein mehr als fünfzig Jahre
alter Tarifvertrag, der bisher nicht angewendet wurde,
aber dessen Gültigkeit zumindest formal keine Bedenken
begegnen. Einen solchen Fall hat es, soweit ersichtlich,
noch nie gegeben."

„Aber das ist doch bloß eine Kopie", wandte Sven ein.

„Ich bin davon ausgegangen, dass es selbstverständlich auch ein Original gibt. Liegt es Ihnen nicht vor?"

„Derzeit nicht."

„Natürlich ist Grundvoraussetzung für die Wirksamkeit eines Tarifvertrags, dass er im Original vorliegt. Allerdings sind jenseits der rein rechtlichen Wirkung auch die medialen und politischen Aspekte zu berücksichtigen."

„Wie darf ich das verstehen?"

„Selbst wenn sich eine rechtliche Wirkung mit Aussicht auf Erfolg bestreiten ließe, käme es in der Öffentlichkeit sicher nicht gut an, wenn der Verdacht entstünde, dass die Stinzigwerke sich ihrer Verpflichtung entzögen und die Mitarbeiter um ihre verdiente Altersversorgung brächten", gab der Anwalt bereitwillig Auskunft.

„Schon gut", winkte Sven ab. „Das werden wir dann sehen. Vielen Dank."

Wenigstens ein Hoffnungsschimmer, dachte Sven. Er musste unbedingt das Original in die Hand bekommen.

Kapitel 25

„Mutti, was machst du denn hier?" Johannes blickte überrascht von seinem papierüberfluteten Schreibtisch auf. „Um Himmels Willen, was ist passiert?"

Marions linke Schläfe war dick verbunden und verpflastert. Blaurote Schwellungen leuchteten unter dem Verband hervor. Sie war blass und wirkte angestrengt. Aus dem restlichen VGM-Großraumbüro folgten ihr besorgte Blicke.

„Erzähle ich dir gleich", wehrte sie ab. „Keine Sorge, mir geht es gut. Ich bin gekommen, um dir das hier zu geben."

Sie öffnete ihre Handtasche, holte Johannes' Handy heraus und hielt es ihm hin.

„Es war zwischen Eckbank und Wand gerutscht", fügte sie beinahe entschuldigend hinzu. Er ging um den Schreibtisch herum auf sie zu, umarmte sie flüchtig und nahm das Handy an sich.

„Können wir irgendwo ungestört reden?", fragte Marion.

Johannes blickte sich suchend um. Alle Besprechungsräume und Sitzecken waren belegt. Zwischen den Schreibtischen herrschte beinahe hektischer Betrieb.

„Im Moment sieht es nicht gut aus. Voller Streikmodus." Er grinste schief. „Aber warte mal. Wir haben noch unseren Abstellraum oben. Nicht, was du denkst", setzte er hinzu, als er den skeptischen Blick seiner Mutter auffing. „Wir nutzen ihn auch als Ausweichbesprechungsraum. Es gibt sogar eine Kaffeemaschine."

Kurz darauf saßen beide an einem kleinen Besprechungstisch und tranken Kaffee aus Plastikbechern.

„Johannes, ich bin überfallen worden", kam Marion direkt zur Sache.

„Was? Wann? Von wem? Ist dir etwas passiert? Weiß die Polizei Bescheid?"

„Mir geht es gut", beschwichtigte Marion. „Aber die Dokumente sind futsch."

„Welche Dokumente? Und was sagt die Polizei?", wiederholte er.

„Ich war nicht bei der Polizei", entgegnete Marion. „Und es waren Dokumente, die dir gehören. Eigentlich mehr der VGM", verbesserte sie sich.

Johannes verstand immer weniger.

„Ich habe den Nachlassverwalter von Philomena Goldbach aufgesucht."

„Woher kennst du den denn?", fragte Johannes.

„Dein Handy, das du bei mir vergessen hast. Dr. Bornscheid hat bei dir angerufen und ich bin rangegangen. Er hat mir den Namen des Testamentsvollstreckers von Philomena Goldbach gegeben. Ein gewisser Andreas Breidenbach."

„Warum gibt er dir die Info?", fragte Johannes ungläubig. „Ich hatte danach gefragt."

„Ich habe mich als deine Sekretärin ausgegeben."

„Wie bitte?"

„Hör mir bitte weiter zu. Als Nächstes war ich dann bei dem Testamentsvollstrecker."

„Hast du dich da auch wieder als meine Sekretärin ausgegeben?"

„Nein. Dort war ich als deine Mutter. Ich war auch etwas erstaunt, dass alles so einfach ging. Breidenbach hatte die Dokumente viele Jahre bei sich. Ich denke, er war froh, endlich tätig werden zu dürfen."

„Ich weiß nicht, was ich sagen soll." Eine Welle aus Enttäuschung und Zorn durchflutete seinen Körper.

„Hannes, reg dich bitte nicht auf", bat Marion. „Ich habe es für Anna getan. Ich war es ihr schuldig. Sie hat mir damals durch die schwere Zeit geholfen, obwohl es für sie mindestens genauso schwer war. Die Goldbach ist wie ein Gespenst, das sie ihr Leben lang verfolgt hat. Einmal hat sie mir gesagt, es hätte sich angefühlt, als wären sie zu dritt verheiratet gewesen – und sie wäre die schlechtere Frau gewesen, die nichts rechtmachen kann. Und dann stirbt Wilhelm und nicht einmal sein Tod vertreibt das Gespenst. Und dann der Einbruch und der Fremde bei Anna … Ach, ich weiß auch nicht." Tränen stahlen sich in ihre Augenwinkel.

Ihre Worte strahlten immer mehr in einem irrlichternden Farbenspiel. Sie war offenkundig völlig verwirrt und hin- und hergerissen. Johannes erkannte, dass es hier nicht weiterging und fragte stattdessen: „Was sind das denn für Dokumente?"

„Gelesen habe ich nur das Anschreiben. Es war von Wilhelm. Deinem Großvater. Handschriftlich. Aus den 50er Jahren. Und es steht etwas drin von einem Tarifvertrag zwischen der VGM und Stinzig. Etwas über … Altersversorgung, glaube ich. Für aufopferungsvolle Arbeit."

„Aber die gibt es bei Stinzig nicht", erwiderte Johannes. „Ich habe ja gerade für diese Tarifrunde gefordert, dass sie endlich eine Betriebsrente einführen." Er hielt inne. Konnte das wahr sein? Ein alter Tarifvertrag, den kein Mensch kannte und der die Betriebsrente bei Stinzig schon regelte? Die rechtlichen und monetären Folgen wären unübersehbar aber in jedem Fall gigantisch. „Mutti, das könnte tatsächlich eine Bombe sein. Wir müssen das Dokument unbedingt zurückbekommen. So schnell wie möglich! Kannst du irgend etwas über den Typen sagen, der dich überfallen hat?"

Marion wischte sich die Tränen aus den Augen. „Keine Ahnung. Es ging alles so schnell und ich hab sein Gesicht nicht gesehen. Er stand ganz nah an meinem Auto, und ich saß drin. Aber warte mal … Ich habe ein Foto von seinem Auto."

Marion fischte ihr Smartphone aus der Handtasche, suchte kurz in den Fotos und hielt es Johannes dann hin. Johannes sah einen leicht unscharfen SUV an einer Schranke. Er vergrößerte das Bild. Jetzt war das Kennzeichen erkennbar.

„Das ist vielleicht eine Chance", sagte Marion. „Vielleicht hat der Halter etwas mit dem Täter zu tun. Wir müssen der Polizei nur das Kennzeichen geben, damit sie den Halter ermitteln kann."

„Du meinst die Polizei, die seit Tagen in dem Überfall auf Oma Anna rumstochert und nichts zustande bringt? Bis die aus dem Knick kommen, ist der Zug abgefahren. Nein, warte mal. Ich glaube, ich habe eine bessere Idee."

„Aber Johannes. Das klingt, als würdest du etwas Verbotenes planen."

„Keine Sorge, Mama. Gib mir einen Versuch. Wenn der nicht fruchtet, können wir immer noch zur Polizei gehen."

Johannes griff nach seinem Smartphone und wählte

eine Nummer. „Victoria? Ein Glück, dass du sofort dran bist. Wie heißt dein Ahnenforscher nochmal? Kannst du ihn auftreiben? Erkläre ich später. Wir brauchen ihn sofort. Kann ich dich irgendwo abholen? Ja, es ist wirklich so dringend. Okay, bis gleich. Danke!"

„Was hast du vor?", fragte Marion.

„Ich versuche, möglichst schnell wieder an die Dokumente zu kommen – und das ohne Polizei. Du könntest inzwischen mal nach Anna sehen. Du musst außerdem ein bisschen runterkommen. Ich melde mich später, wenn es etwas Neues gibt."

„Hör bloß mit deinem fürsorglichen Ton auf. Ich bin immerhin noch deine Mutter."

Marions Stimme war aber anzuhören, wie erleichtert sie war, dass Johannes ihr keine weiteren Vorwürfe machte. Sie verabschiedeten sich mit einer Umarmung, die diesmal besonders fest ausfiel.

Eine halbe Stunde später holte Johannes Victoria vom Bahnhof ab. Inzwischen hatte er lange genug im Berufsverkehr gestanden, um Zweifel an seiner Idee zu entwickeln. War man denn nicht verpflichtet, nach einem Überfall die Polizei zu verständigen? Der Mann hatte eine Waffe. Was, wenn er inzwischen eine andere Person erschoss? War Marion daran mitschuldig? Gefährlich war der Typ auf jeden Fall – er hatte eine wehrlose Frau in ihrem Auto niedergeschlagen.

Konnte Marion Schwierigkeiten bekommen, weil sie sich Dokumente erschlichen hatte, die nicht für sie bestimmt gewesen waren?

„Hi. Vielleicht sollten wir doch gleich zur Polizei gehen", sagte er zur Begrüßung, als Victoria ihm in der Bahnhofshalle entgegenkam.

„Worum geht es denn eigentlich? Ich habe Daniel kontaktiert. Er wartet schon im Café Hätz."

Auf dem Weg zum Café schilderte Johannes Victoria den aktuellen Stand der Ereignisse und den Grund, warum Daniel helfen sollte, aber auch die Bedenken, die ihm inzwischen gekommen waren. „Deshalb denke ich, dass es vielleicht doch besser wäre, direkt die Polizei einzuschalten. Es geht um viel und der Angreifer könnte der gleiche sein, der auch meine Oma beinahe umgebracht hat."

„Das ist natürlich korrekt", sagte Victoria. „Andererseits ist der Tarifvertrag, wenn ich das richtig verstehe, superwichtig und das duldet keine Verzögerung. Außerdem müsstest du das der Polizei wahrscheinlich im Detail erklären. Vorschlag: Lass uns sehen, ob Daniel uns schnell weiterhelfen kann, und dann können wir immer noch die Polizei informieren."

Ihre Worte schimmerten silbrig-grau. Sie will auch nicht so richtig die Polizei einschalten, erkannte Johannes.

Im Cafe Hätz wartete Daniel bei Espresso und startbereitem Laptop. Er tauschte einen Handschlag mit Johannes und eine flüchtige Umarmung mit Victoria. Seine Worte schimmerten goldorange, als er ihr versicherte, kein Problem, er habe immer Zeit, wenn sie ihn benötige.

Sie setzten sich. Daniel ließ die Fingerknöchel knacken. „Was braucht ihr diesmal?"

„Kannst du anhand des Nummernschilds den Halter eines Autos herausfinden?"

„Sicher doch. Völlig legal ist das aber nicht, das ist euch klar?"

„Das hat dich bisher auch nicht gestört", sagte Johannes. Daniel grinste schief und nickte. „Was für ein Kennzeichen?"

Johannes rief das Foto auf und vergrößerte es, bis Daniel das Kennzeichen entziffern konnte.

Daniel begann zu tippen. Johannes und Victoria hatten gerade Kaffee bestellt, als er schon ein Ergebnis präsentierte.

„Da haben wir es. Der SUV ist auf eine Firma Stiller Security zugelassen. Sagt euch das was?"

„Bisher nicht", sagte Johannes. „Steht da auch eine Anschrift?"

„Moment. Stiller Security, Schützenstraße 50 in Pforzheim."

„Du hast uns schon wieder wahnsinnig geholfen, vielen Dank", flötete Victoria und drückte Daniel ein Küsschen auf die Wange.

„Wir haben es leider sehr eilig", setzte Johannes hinzu und stand auf.

„Wollt ihr nicht wenigstens noch auf euren Kaffee warten?", fragte Daniel verblüfft. Johannes fischte einen zerknitterten Zehn-Euro-Schein aus der Tasche und schob ihn mit der Ecke unter Daniels Laptop.

„Sei so gut und zahl für uns, ja? Danke, Daniel! Bis die Tage."

„Haben wir es so eilig?", frage Victoria auf dem Weg nach draußen.

„Du hast selbst gesagt, dass der Tarifvertrag eine Bombe ist. Lass uns also sofort sehen, ob wir die entschärfen können. Wir fahren da hin", sagte Johannes entschieden.

Kapitel 26

Stillers Anruf wurde sofort entgegengenommen.

„Haben Sie das Geld für die Transaktion zur Verfügung?", fragte Stiller, ohne auf eine Begrüßung zu warten.

„Wo ist das Original und wie kann ich sicher sein, dass keine Kopien mehr existieren?", kam die Gegenfrage aus dem Lautsprecher.

„Sie können gar nicht sicher sein", blieb Stiller beim schon erprobten provokanten Stil. Der Typ nervte ihn einfach kolossal, zumal er noch immer nicht wusste, mit wem er es zu tun hatte. Er vermutete zwar irgendwen aus der Familie Stinzig, war sich aber nicht sicher. Umso vorsichtiger musste er zu Werke gehen. „Aber wie Sie wissen, ähm, bindend und entscheidend ist das Original. Es läuft wie folgt: Seien Sie heute Abend um genau 20 Uhr im Gewerbegebiet Rheinhafen in Karlsruhe. Bleiben Sie direkt hinter der Autobahnabfahrt stehen, ähm, und warten Sie einen weiteren Anruf ab. Bringen Sie einen Laptop mit, damit Sie die Transaktion sofort vor Ort vornehmen können. Danach erhalten Sie die Dokumente. Sie kommen natürlich allein. Sollten Sie Waffen, Überwachungstechnik oder Ähnliches dabei haben, platzt der Deal und die VGM freut sich."

„Moment …", klang es aus dem Lautsprecher, aber Stiller unterbrach die Verbindung. Er war ausgesprochen zufrieden mit sich. Jetzt galt es nur noch ein paar Vorbereitungen für den Abend zu treffen.

Es dunkelte bereits, als Johannes und Victoria in der Schützenstraße in Pforzheim ankamen.

„Hier ist Nummer 50. Da muss es sein", sagte Victoria.

Johannes parkte am Straßenrand. „Okay, dann lass uns mal nachsehen."

Im Vorgarten des unauffälligen Hauses prangte ein Metallschild, auf dem Stiller Security zu lesen war. Direkt daneben stand in einem Carport ein schwarzer SUV. Johannes verglich das Kennzeichen.

„Treffer. Das passt jedenfalls."

„Und was wollen wir jetzt tun? Einfach klingeln und schauen was passiert? Immerhin hat der Typ deine Mutter nicht nur beraubt, sondern auch noch ziemlich brutal niedergeschlagen."

„Ich bin mir nicht sicher," gestand er. „Aber was sollten wir sonst tun? Vielleicht doch noch mal über die Polizei nachdenken?"

„Jetzt, nachdem wir uns über illegale Methoden Informationen beschafft haben? Nein. Ich mag Daniel echt gerne, ich will ihm keine Schwierigkeiten machen."

Die Entscheidung wurde ihnen ohnehin abgenommen, als sie durch die Glaselemente der Haustür eine Bewegung wahrnahmen. Ohne ein weiteres Wort rannten sie zum Auto zurück und duckten sich dahinter. Ein Mann, ganz in Schwarz gekleidet, kam aus dem Haus und ging eilig zum SUV. Er hatte eine große Tasche dabei, die schwer aussah. Der Mann stieg ein und fuhr davon.

„Hinterher", sagte Victoria. Sie sprangen ins Auto und nahmen die Verfolgung auf.

„Das ist ja fast wie im Tatort", sagte Johannes, immer noch ungläubig, dass sein Leben diese dramatische Wendung genommen hatte.

„Hast du eine bessere Idee?", fragte Victoria zurück.

„Das nicht gerade", gab er zu. „Aber als Gewerkschaftssekretär zählen Verfolgungsfahrten nicht gerade zu meinen Kernkompetenzen."

„Jeder hat mal klein angefangen."

Endlich spürte Stiller wieder den lange vermissten Nervenkitzel. Wie damals bei den Spezialeinsatzkräften, in einem anderen Leben, bevor er hatte gehen müssen. Er konzentrierte sich. Wenn in der nächsten Stunde alles glatt lief, konnte er ein neues Leben anfangen. Ein Leben fernab von nörgelnden Klienten, nervtötenden Überwachungen untreuer Ehemänner oder der Verfolgung Kleinkrimineller, für die sich nicht einmal die Polizei interessierte.

Stiller stellte seinen SUV ab. Er hatte die gesamte Umgebung intensiv ausgekundschaftet und vertraute darauf, dass sein Auftraggeber nicht genug Zeit gehabt hatte, unliebsame Überraschungen vorzubereiten. Das Industriegebiet eignete sich als Treffpunkt hervorragend, weil es einerseits abends verlassen war, andererseits durch die gute Autobahnanbindung eine rasche Flucht in verschiedene Richtungen ermöglichte. Stiller hatte unweit bereits ein anderes Auto bereitgestellt, um ungestört die erste und damit kritischste Phase der Flucht bewältigen zu können.

Die Tür der ungenutzten Gewerbeimmobilie hatte Stiller heute Vormittag schon geknackt und lose ins Schloss gezogen, um eine technische Panne auszuschließen. Jetzt schob er sie einfach auf und betrat das verwahrloste Gebäude.

Es war für seine Zwecke perfekt geeignet. Das flache Gebäude besaß neben dem gut einsehbaren Haupteingang, der durch einen Anbau verdeckt und somit von vorn nicht sichtbar war, eine Seitentür. Im Innenraum trennte eine große Theke den Raum in zwei Teile, so dass er einerseits bequem seinen Laptop abstellen und andererseits die Distanz zu seinem Auftraggeber behalten konnte. Er glaubte zwar nicht an einen Überrumpelungsversuch, aber man konnte ja nie wissen. In jedem Fall würde er den Seiteneingang benutzen, um zu verschwinden. Das würde ihm im Zweifel einige Meter an Vorsprung einbringen, die er benötigte, wenn alle Stricke rissen. Stiller schaute auf die Uhr. 19:05. Er hatte noch beinahe zwei Stunden Zeit, um seinen Auftraggeber zu kontaktieren. Stiller hatte geprüft, dass er von der Autobahnabfahrt des Industriegebiets maximal sieben Minuten brauchen würde, um in die Fettweisstraße zu gelangen. Er plante, dem Typen 21:05 als Übergabezeit anzugeben, um ihn zusätzlich unter Druck zu setzen.

„Ich glaube, der bleibt stehen", warnte Victoria Johannes.

Der bremste scharf und bog geistesgegenwärtig in die nächste Querstraße.

„Hoffentlich hat er uns nicht gesehen!"

„Halt mal an und warte einen Moment", bat ihn Victoria. Johannes tat wie ihm geheißen. Victoria stieg aus. Im Rückspiegel verfolgte er, wie sie zur Kreuzung zurückging und sich umsah. Der SUV schien verschwunden zu sein. Victoria blieb unschlüssig stehen. Dann verschwand sie in der Seitenstraße. Mit steigender Nervosität wartete

Johannes, bis Victoria nach kurzer Zeit im Laufschritt zurückkam. Sie öffnete die Beifahrertür und ließ sich auf den Sitz fallen.

„Hab ihn." Ihre Worte flirrten hellgrün. „Er hat neben einem leeren Gebäude geparkt. Keine Ahnung, was er da tut."

Johannes nickte. „Wir müssen uns also eine Position suchen, von der wir das Gebäude beobachten können."

„Richtig, Watson", gab Victoria leicht spöttisch zurück. „Gott sei Dank ist es nicht kalt, und wir haben sowieso nichts Besseres vor."

„Vielleicht können wir das auch etwas komfortabler gestalten, Holmes", ging Johannes auf ihren Tonfall ein. „Wirf doch mal Google Maps an. Womöglich können wir von der anderen Seite unbemerkt heranfahren."

„Gute Idee, Watson. Warte einen Moment." Sie tippte auf ihrem Handy herum. „Hier haben wir es schon. Also, Achtung, folge meinen Kommandos."

Sie erreichten das Ende der Straße, in der der SUV geparkt war, von der anderen Seite und stellten ihr Auto leicht versetzt hinter ein dort parkendes Fahrzeug. Das ermöglichte ihnen eine Beobachtung, ohne selbst zu sehr aufzufallen.

„Jetzt bleibt nur zu warten", sagte Johannes. „Ich danke dir jedenfalls sehr, dass du mich begleitest. Du musst das nicht tun."

„Vielleicht doch", antwortete Victoria und holte tief Luft. „Johannes, pass auf. Ich muss dir etwas sagen. Ein Geständnis machen. Es gibt da eine ... Entwicklung, und ich denke, dass du darüber Bescheid wissen solltest."

Ihre Farben erschlugen ihn förmlich. Sie war plötzlich

furchtbar nervös. Angst vor Ablehnung, las er heraus. Ihm kam ein Verdacht.

„Victoria – ich finde dich auch wirklich attraktiv, aber – ich habe den Kopf so voller Arbeit. Meine letzte Beziehung ist daran gescheitert, dass ich nie Zeit hatte. Und das wäre wieder so. Lass uns nicht zerstören, was wir haben."

Sie sah ihn an, für einen Moment verwirrt, dann lachte sie nervös. „Was? Nein! Also – Johannes, ja, du bist echt nett, ich bin gern mit dir zusammen, aber ich bin nicht verliebt in dich!"

Johannes spürte einen kleinen Stich. Hatte er sich gerade zum Idioten gemacht? Wollte er nun, dass sie in ihn verliebt war oder nicht? Beides gleichzeitig, stellte er fest.

Er räusperte sich mehrfach. „Gut. Äh, vielleicht besprechen wir das – was auch immer – mal in Ruhe. Nicht gerade jetzt."

„Doch, gerade jetzt!", beharrte Victoria. „Es ist wichtig. Johannes, ich – also – mein Vater ist Martin Stinzig. Ich bin eine Stinzig, wenn du so willst. Auch wenn ich anders heiße."

„Äh. Was?"

Johannes fühlte sich, als hätte ihm jemand einen Kübel eiskalten Wassers über den Kopf gegossen.

„Ja. Sorry. Ich hätte dir das schon früher sagen sollen, aber … das ist kompliziert. Vielleicht erkläre ich dir das wirklich mal in Ruhe. Ich wollte nur, dass du es weißt."

„Hast du mit dem Überfall auf Anna zu tun?" In Johannes' Kopf ratterten die Zahnräder. Gleichzeitig fühlte sein ganzer Körper sich irgendwie taub an.

„Nein! Wie kannst du das denken! Anna ist meine Freundin!"

„Ganz zufällig? Für deine blöde Psycho-Studie befragt und dann irgendwie klebengeblieben, was?" Johannes wollte nicht schreien, aber er hatte sich nicht mehr im Griff. Das Auto war plötzlich zu eng. Er riss die Fahrertür auf und schwang ein Bein ins Freie.

„Warte!", flehte Victoria ihn an. „Bis jetzt hast du es nur halb verstanden. Hör dir die ganze Geschichte an. Bitte!"

Johannes atmete tief durch. Die kühle Luft beruhigte ihn ein wenig. Aus der Entfernung drang das Rauschen der Autobahn herüber.

„Ich höre", sagte er und zog das Bein wieder ein.

„Ich habe Anna wirklich ganz zufällig während meiner Masterarbeit kennengelernt", setzte Victoria an. „Ich wusste weder, dass du ihr Enkel bist, noch, dass du etwas mit der VGM und mit Stinzig zu tun hast. Ich begann, die Zusammenhänge zu ahnen, als sich andeutete, dass der Überfall auf deine Großmutter mit Wilhelm Trappe zusammenhängt. Aber ich wollte ... ich will das Rätsel vor allem für dich und Anna lösen."

„Wirklich? Das trifft sich ja geradezu ausgezeichnet." Johannes' Worte klangen schneidend.

„Ich weiß überhaupt erst seit meinem achtzehnten Geburtstag, dass Martin Stinzig mein Vater ist. Meine Mutter hatte mich immer im Glauben gelassen, dass mein Vater schon vor meiner Geburt auf Nimmerwiedersehen verschwunden ist. Wenn ich nachgefragt habe, ist sie immer damit ausgewichen, dass sie nie wieder etwas von ihm hören wollte, und ich habe aus Rücksicht auf sie nicht weiter gefragt. Ich war wie vor den Kopf gestoßen, als ich die Wahrheit erfuhr, und es hat dann auch anschließend noch lange gebraucht, bis wir zum ersten Mal

Kontakt hatten. Ich weiß, es klingt wie ein Märchen, plötzlich kommt raus, dass du das Kind eines schwer reichen Industriellen bist, aber das war kein Märchen. Immerhin hatte sich ja auch mein Vater nie für mich interessiert. Ich hatte da eine Menge zu verdauen."

Ihre Worte waren silbrig-weiß. Sie schien aufrichtig zu sein. „Das wäre ja ein geradezu unglaublicher Zufall", murmelte er. „So etwas gibt es doch höchstens im Film."

„Ich kann mich für mein Verhalten nur entschuldigen. Ich wollte es dir die ganze Zeit sagen, aber irgendwie hab' ich nie den richtigen Zeitpunkt erwischt. Dann dachte ich, wir müssten uns ein bisschen besser kennenlernen, damit du mir nicht unterstellst, ich hätte mich aus irgendwelchen anderen Gründen an Anna herangemacht. Ich verstehe, wenn du dein Vertrauen missbraucht siehst und mit mir nichts mehr zu tun haben willst. Aber irgendwie bin ich zwischen dir und meinem Vater nicht klargekommen." Victorias Worte schimmerten weiter silbrig, aber am Ende mischte sich ein emotionaler Orangeton hinein. Johannes spürte Wärme, wo er eigentlich Wut erwartet hatte. Das hier war noch nicht das Ende. Er fühlte sich Victoria schon viel zu nahe, um jetzt einfach alles abrupt zu beenden.

„Victoria, ich weiß noch nicht, wohin uns das alles führt. Vielleicht verschieben wir für den Moment die Diskussion und konzentrieren uns auf unseren Fall."

Victoria nickte erleichtert.

KAPITEL 27

Sven hatte sich so gut vorbereitet, wie es in der kurzen Zeit und nach der völlig überraschenden Wendung der Dinge möglich gewesen war. Dieser lächerliche Sicherheitsfuzzi. Was bildete der sich ein, ihn derart dreist zu erpressen? Seit wann machte ein simpler Handlanger plötzlich solche Schwierigkeiten?

Immerhin wusste er jetzt, dass Großvater Karl nicht übertrieben hatte. Es gab das alte Geheimnis und das hatte es in sich. Die Juristen hielten den Tarifvertrag, sofern er im Original existierte, für wirksam und die Folgen daraus wären Belastungen durch Altersversorgung, die vorsichtig geschätzt fünf Milliarden Euro erreichten. Fünf Milliarden! Er erschauerte. Das würde übergangslos das Ende der Stinzigwerke bedeuten, zumindest aber das Ende der Eigentümerschaft der Familie Stinzig, denn ein Retter, so sich denn einer fand, würde zumindest die Anteile verlangen.

Nein! Auf keinen Fall! Er musste den Tarifvertrag in die Hand bekommen. Was waren dagegen schon zehn Millionen? Die Summe aus der Firma zu beschaffen, war ein Kinderspiel gewesen. Jemand müsste wirklich mal die internen Kontrollmöglichkeiten überprüfen.

Das Brummen des Handys auf dem Beifahrersitz riss ihn aus seinen Gedanken. Der Handlanger.

„Hallo?"

„Sind Sie schon in Rheinhafen?", hörte er aus dem Lautsprecher.

„Ja."

„Fahren Sie in die Fettweisstraße. Parken Sie vor dem Gebäude mit der Nummer 17 und gehen Sie direkt hinein. Wenn Sie nicht in fünf Minuten auftauchen, platzt der Deal."

Sven fluchte innerlich. Nur fünf Minuten. Der Kerl wusste, wie man Druck machte. Andererseits wollte er das Geld, würde also nicht einfach so zum Äußersten gehen.

Es war tatsächlich nicht weit. Sven erreichte die beschriebene Adresse um 20:04, parkte sein Auto und stieg direkt aus. Die Motorradkluft hatte er schon zu Hause angezogen. Jetzt holte er noch den Helm aus dem Kofferraum und stülpte ihn über. Er nahm den Aktenkoffer, überquerte den Parkplatz, auf dem Unkraut sich durch Ritzen im Beton zwängte, und betrat entschlossen das Gebäude.

Drinnen war es dunkel. Sven blieb im Lichtviereck stehen, das durch die Tür fiel, und sah sich um.

„Kommen Sie hierher", hörte er die Stimme Stillers von rechts. Sven ging in die angezeigte Richtung. „Stellen Sie den Laptop auf den Tisch und nehmen Sie den Helm ab." Sven holte den Laptop aus dem Aktenkoffer, stellte ihn auf die Theke und klappte ihn auf. Schemenhaft erkannte er Stiller auf der anderen Seite. Der hielt sich auffällig fern und leuchtete mit einer Handy-Taschenlampe auf den Koffer.

„Der Helm", erinnerte ihn Stiller. Als Sven noch immer keine Anstalten machte, ihn abzunehmen, drohte Stiller: „Ich will wissen, mit wem ich es zu tun habe. Sonst brechen wir das Ganze hier sofort ab."

Svens Gedanken rasten. Die Anonymität bot ihm einen großartigen Schutz. „Sie bluffen", sagte er deshalb.

„Meinen Sie? Also gut", sagte Stiller und schaltete die Taschenlampe aus. Schritte entfernten sich, der Schemen verschwand.

„Schon gut", rief Sven und nahm den Helm ab. Stiller hielt inne, drehte sich dann um und kam zurück. Er nickte und hob das Handy. Es blitzte. Verflucht! Der Schweinehund hatte ein Foto gemacht.

„Was wollen Sie damit?", schäumte Sven. „Es an eine Zeitung rausgeben?"

„Das, ähm, sehen wir dann", sagte Stiller. Sven hätte ihn würgen mögen, nur damit er mit diesem verfluchten Räuspern aufhörte. „Dann können wir jetzt ja zur Transaktion kommen."

„Wo sind die Dokumente?", fragte Sven.

„Schön langsam und der Reihe nach", bekam er zur Antwort. „Erst regeln wir die, ähm, finanzielle Seite, dann kommt der Rest." Stiller schob Sven einen kleinen Stick zu. „Installieren Sie das auf dem Laptop und transferieren Sie die Bitcoins. Sobald ich den Eingang sehe, erhalten Sie Ihren Wisch."

„Wie kann ich sicher sein, dass Sie mich nicht betrügen?"

„Eigenartig, dass, ähm, gerade Sie das sagen", sagte Stiller. „Aber zu Ihrer Beruhigung, Herr Stinzig, welches Interesse sollte ich nach dem Erhalt des Geldes noch haben? Sie werden klug genug sein, mich nicht zu verfolgen, und ich habe, was ich brauche."

Sven nickte und installierte zähneknirschend das vorbereitete Programm. Wenig später wurde mittels Block Chain Technologie ein beträchtlicher Geldbetrag verschoben.

„Alles klar, vielen Dank!", ließ sich Stiller vernehmen.

Er legte eine schmale Mappe auf die Theke und schob sie in Svens Richtung. „Hier ist das Objekt der Begierde."

Sven öffnete die Mappe und schaute hinein. Er erkannte Schrift und Umfang sofort wieder. Die Kopie kannte er praktisch auswendig. Das Papier fühlte sich alt an. Kein Zweifel, dies war das Originaldokument.

„Sie können mir glauben", sagte Stiller. „Das ist das Original, so wie ich es bekommen habe. Es war eine Freude, mit Ihnen Geschäfte zu machen." Er wollte schon zusammenpacken, als sein Laptop einen kurzen, scharfen Warnton von sich gab.

Das Programm meldete, dass mit seinem Account etwas nicht stimmte.

„Hey, was ist hier los?", schrie er und tippte hektisch auf dem Laptop herum. „Sie wollen mich wohl verarschen."

Verdammt, dachte Sven. Ein paar Sekunden zu früh. Chen ist wohl doch nicht so ein Genie, wie immer behauptet wird. Zeit für Plan B. Er griff in die Jackentasche und entsicherte die Gaspistole. Mit einem Wutschrei schwang Stiller sich über den Tresen, der sich noch zwischen ihnen befand, und stürmte auf Sven zu. Der zog die Pistole, genoss für einen Sekundenbruchteil das Entsetzen auf Stillers Gesicht und drückte ab.

Das Betäubungsgas zerstäubte direkt in Stillers Gesicht. Sven machte einen Satz rückwärts, um sich aus dem Radius zu bringen. Stiller taumelte, murmelte etwas Unverständliches und kippte um wie ein Baum. Eilig und mit angehaltenem Atem raffte Sven die Mappe und Stillers Laptop an sich.

Er war schon unter der Tür, als er beinahe mit zwei Personen zusammenstieß.

Der Mann zögerte, allerdings nur für einen Augenblick. Dann stürmte er voran. Er zielte auf die Lücke zwischen Johannes und Victoria. Instinktiv versperrte Johannes ihm den Weg. Der Mann in der Motorradkluft sprang zur Seite, dorthin, wo Johannes gerade Platz gemacht hatte, und rannte an ihm vorbei ins Freie. War das der Typ mit dem schwarzen SUV? Die Größe kam hin, aber Johannes konnte sich nicht erinnern, welche Kleidung der SUV-Fahrer getragen hatte. Dunkel?

„Sven!", schrie Victoria neben ihm. „Warte!"

Woher wusste Victoria, wie Stiller mit Vornamen hieß?

Die schwarz gekleidete Gestalt blieb abrupt stehen und wandte den Kopf.

„Sven", wiederholte Victoria jetzt ruhiger, aber nicht weniger entschieden. „Das hat doch keinen Sinn."

Statt einer Antwort drehte sich die Gestalt wieder um und wollte ihre Flucht fortsetzen.

„Ich bin deine Schwester, Sven! Lass uns reden!"

Der Mann hielt erneut inne. Bei Johannes fiel der Groschen – das war nicht Stiller – auf den zweiten Blick sah der Mann auch viel zu schmal aus – das war der Juniorchef der Stinzigwerke.

Victoria näherte sich Sven Stinzig. „Ja, du hast eine Schwester. Das hast du wohl nicht gewusst, Sven?"

Tatsächlich drehte Stinzig sich langsam zu Victoria um. Er hatte ein fein geschnittenes, noch jugendliches Gesicht, das von verschwitztem blondem Haar umrahmt wurde. Johannes glaubte, eine Ähnlichkeit mit Victoria erkennen zu können.

„Es muss sich wohl um eine Verwechslung handeln. Ich habe es sehr eilig", sagte Stinzig.

„Bitte, Sven. Es ist sehr wichtig. Für dich und uns alle",

versuchte es Victoria erneut. „Martin hat dir tatsächlich nichts von mir erzählt, nicht wahr? Das ist genau das, was mich so sehr stört an dieser Familie. Schweigen, Geheimnisse, Lügen. Das ist das Leben der Familie Stinzig und das wirkt zerstörend."

Stinzigs Gesichtsausdruck von feindlicher Ablehnung zu totaler Überraschung. „Aber, das kann doch unmöglich sein", brachte er heraus. „Das wüsste ich. Zumindest mein Großvater hätte es mir gesagt."

„Ich glaube nicht, dass er es wusste", antwortete Victoria. „Dieses Geheimnis hat Martin bewahrt. Und welchem Geheimnis bist du hier auf der Spur?"

Statt einer Antwort bewegte Stinzig sich auf Victoria zu. Er stieß sie vor die Brust. Victoria keuchte auf und taumelte rückwärts. Stinzig machte einen großen Schritt zurück und wandte sich zur Flucht, doch er blieb mit der Schuhspitze in einem Riss im Beton hängen und stolperte. Johannes hechtete vorwärts, stieß ihn hart voran und brachte ihn damit vollends aus dem Gleichgewicht.

Als er der Länge nach hinschlug, war Johannes sofort über ihm. Er besaß klare Gewichts- und Größenvorteile, so dass er Sven einfach, rittlings auf ihm sitzend, flach zu Boden drücken konnte. Der schrie und wehrte sich, aber Johannes ließ nicht locker.

„Victoria, bitte schau, ob die Dokumente im Koffer sind", keuchte er.

„Das sieht ganz danach aus", meldete Victoria wenig später. „Altes Papier, altertümliche Handschrift. Und hier so ein geklammertes Vertragswerk."

Johannes nickte. „Ich brauche irgendetwas, um ihn zu fesseln."

Victoria setzte sich auf den Boden und zog die Schnürsenkel aus ihren Schuhen. „Die sollten lang genug sein", sagte sie.

Mit Victorias Hilfe schaffte Johannes es, Sven die Hände eng auf den Rücken zu binden und auch die Füße entsprechend zu versorgen.

„So. Jetzt rufen wir am besten doch die Polizei", sagte Johannes. „Außerdem müssen wir schauen, was aus Stiller geworden ist. Vielleicht brauchen wir auch einen Krankenwagen."

Victoria zückte ihr Handy und ging in den Gewerbebau. Johannes wollte ihr hinterher, beschloss dann aber doch, Stinzig lieber nicht unbeaufsichtigt zu lassen. Ungeduldig wartete er auf Victorias Rückkehr.

„Ich hab ihn gefunden", meldete sie schließlich. „Er liegt weiter drin, neben einer langen Theke. Bewusstlos. Ich glaube nicht, dass er tot ist, aber ganz sicher bin ich mir nicht. Krankenwagen wäre sicher sinnvoll."

„Was haben Sie mit ihm gemacht?", herrschte Johannes Sven an.

„Keine Sorge", ächzte der. „Nur ein Betäubungsgas. Ihm passiert nichts."

„Nur ein Gas", wiederholte Johannes verächtlich. „Wie weit wollten Sie eigentlich noch gehen?"

Bevor Sven antworten konnte, bog ein schwarzer BMW mit heulendem Motor von der Straße ab und rumpelte durch die Schlaglöcher aufs Grundstück. Mit quietschenden Reifen hielt er an. Die Tür sprang auf, und ein Mann mittleren Alters in einem teuren Anzug stieg aus.

„Martin", sagten Sven und Victoria beinahe gleichzeitig.

Kapitel 28

„Komme ich überraschend?", fragte Martin Stinzig statt einer Begrüßung. Johannes sah bei seinen Worten Schwarz, wie er es so noch nie wahrgenommen hatte – pulsierend, in einer ihm bisher unbekannten Intensität.

Erst dann drang ein weiteres Detail in sein Bewusstsein. Martin Stinzig hielt mit der Lässigkeit des geübten Umgangs eine Waffe in der Hand. Das schienen jetzt auch Victoria und Sven zu bemerken, die ihren Vater mit weit aufgerissenen Augen anstarrten. Victoria fasste sich als erste.

„Martin, ich weiß zwar nicht, was dich hierher bringt, aber gut, dass du kommst. Wir haben deinem Sohn das Handwerk gelegt. Mit seinem verbrecherischen Tun hat er Menschen verletzt und gefährdet, und er hat die Zukunft der gesamten Stinzigwerke aufs Spiel gesetzt. Wir rufen jetzt die Polizei und dann hat der Spuk endlich ein Ende."

Stinzig senior sah sie zärtlich und ein wenig bedauernd an. Seine Worte blieben aber intensiv und pulsierend schwarz. „Nein, Victoria, tut mir leid. Das werden wir nicht tun. Stattdessen wird mir dein Begleiter die Papiere aushändigen." Er zeigte mit seiner Waffe auf Johannes.

„Was, ich meine, ich verstehe nicht …"

„Nein, das kannst du auch nicht. Wie solltest du?", unterbrach Stinzig sie.

„Glaub ihr kein Wort!", ächzte Sven, auf dem Johannes immer noch kniete, unfähig, die Mündung der Waffe aus dem Blick zu lassen. „Ich erkläre dir alles! Ich habe die Firma gerettet! Ich allein!"

„Gut", war jetzt wieder Martin Stinzig zu vernehmen. „Vielleicht erkläre ich besser kurz die Zusammenhänge. Falls ihr euch wundert, wie ich euch hier draußen aufspüren konnte – moderne Technik macht es möglich. Jedes Smartphone kann als Sender benutzt werden, wenn man es mit der richtigen Software ausstattet. Praktisch, dass ich kürzlich die Gelegenheit hatte, dir das neueste Modell zu verehren." Stinzig sah zu Victoria hinüber. In der pulsierenden Schwärze seines Redeschwalls tanzten einige silberne Funken.

„Du hast mein Handy verwanzt?", fragte sie fassungslos.

„Und du, mein lieber Sohn", wandte sich Stinzig jetzt an Sven. „Glaubst du wirklich, eine Transaktion über zehn Millionen Euro würde mir verborgen bleiben? Und wie, glaubst du, bist du an Stiller geraten? Der gute Tipp, alles ein Zufall? Leider hat der Herr versucht, auf eigene Rechnung zu arbeiten, aber du bist ja offenbar immerhin mit ihm fertig geworden."

„Aber wofür das alles?" Victorias Stimme klang gänzlich verständnislos.

„Um endlich diesen unseligen Tarifvertrag, der unsere Firma ruinieren würde, loszuwerden", ächzte Sven. „Mach mich los! Wir verbrennen das verdammte Ding und wenden uns wieder einer vernünftigen Zukunft zu."

„Eine Zukunft, die dich in absehbarer Zeit als Chef sehen würde", stellte Martin Stinzig nüchtern fest. Seine Worte waren durchsichtig wie Glas.

„So hat es Großvater in seinem Testament bestimmt", sagte Sven und versuchte, sich unter Johannes aufzurichten. Der ließ ihn frei, den Blick immer noch auf der Waffe, und Sven rappelte sich mühsam zum Sitzen auf.

„Der alte Despot", sagte Stinzig senior. „Er glaubte tatsächlich, über seinen Tod hinaus die Geschicke bestimmen zu können. Aber er hat sich gründlich verrechnet oder einfach etwas übersehen. Er war eben am Ende auch nicht mehr ganz im Vollbesitz seiner Kräfte." Die Schwärze war zurückgekehrt. „Es gibt eine unscheinbare Klausel in unserem Erbvertrag. Sie erlaubt es, die Erbfolge zu verändern, wenn sich der eingesetzte Erbe als unwürdig erweist oder es notwendig ist, um eine existenzgefährdende Krise für die Stinzigwerke abzuwenden. Eine durchaus übliche Klausel in Erbverträgen, deren Anwendung hier gleich doppelt in Betracht kommt." Jetzt klang Martin wie ein Notar und wie zur Bestätigung färbten sich seine Worte gräulich.

„Damit kommst du nie durch", schrie Sven. „Du bedrohst uns mit der Waffe, du erpresst die Herausgabe von Papieren. Ein wirklich würdiger Erbe."

„Ich glaube, da verrechnest du dich, mein lieber Sohn. Ich werde unmittelbar zu unserem Testamentsvollstrecker aufbrechen, der den Tarifvertrag unzweifelhaft als Bedrohung der Stinzigwerke ansehen wird. Ich werde dort zu Protokoll geben, dass ich deine verbrecherischen Umtriebe beendet habe und nur durch eine Vernichtung des Tarifvertrags die Existenz der Stinzigwerke gesichert werden kann. Da du angesichts deiner Taten als Erbe nicht mehr in Betracht kommst, wird das Erbe mir zufallen. So, wie es ohnehin hätte sein sollen."

„Du hast dich genauso strafbar gemacht wie ich",

schleuderte Sven ihm entgegen. „Wir können das Ding nur gemeinsam durchziehen oder beide scheitern."

„Ich fürchte, du irrst schon wieder. Der Schurke in diesem Stück bist du. Das wird deine Schwester ganz sicher bezeugen. Immerhin fällt ihr das Erbe zu, wenn ich nicht mehr bin, was wir bei dieser Gelegenheit gleich notariell regeln können."

„Du steckst mit ihm unter einer Decke!" Sven sah Victoria hasserfüllt an. „Bis gerade wusste ich nicht, dass ich eine Schwester habe, und jetzt stiehlt sie schon mein Erbe."

Johannes wandte zögernd den Blick von der Waffe und sah Victoria an. Seine Gedanken überschlugen sich. Konnte das alles sein? Wer spielte hier welches Spiel? Steckte Victoria tatsächlich mit ihrem Vater unter einer Decke? Hatte sie ihm nur aus eigenem Interesse geholfen? Er versuchte, in ihrem Gesicht zu lesen. Erfolglos.

Wie auch immer die Dinge zusammenpassten – es war Zeit zu handeln.

„Ich glaube, ich hab was von drinnen gehört", sagte er. „Ist das Stiller?" Er drehte sich nach hinten, weg von der Waffe, was ihn alle Überwindung kostete, und machte einen Schritt.

„Keine Bewegung", herrschte Stinzig ihn an. „Und versuchen Sie es nicht mit Ablenkungsmanövern!"

Johannes duckte sich und ging auf die Knie. Sein ganzer Körper kribbelte wie in Erwartung einer Berührung. Wenn der alte Stinzig jetzt die Nerven verlor …

Seine Hände gehorchten ihm kaum. Alles dauerte viel zu lang.

Er nahm die Hände über den Kopf und drehte sich auf Knien wieder zum Geschehen. Der Schweiß lief ihm den Rücken hinunter.

„Kein Grund zur Aufregung", sagte er und versuchte, seine Worte möglichst golden klingen zu lassen. „War vielleicht nur eine Ratte."

„Sie übergeben mir jetzt die Mappe", sagte Stinzig und machte eine auffordernde Bewegung mit der Hand, die die Waffe hielt. „Langsam. Kommen Sie näher und legen Sie die Mappe hier ab." Er zeigte auf den Boden. Johannes gehorchte. Der Wind hob den Deckel der Mappe leicht an. Johannes blieb fast das Herz stehen, aber Stinzig hatte seine Aufmerksamkeit auf ihm .

„Gut", sagte Stinzig. „Entfernen Sie sich. Versuchen Sie nicht, den Helden zu spielen."

„Ich habe nicht die Absicht", sagte Johannes.

„Vielen Dank!", sagte Stinzig und bückte sich nach der Mappe. Er blickte zu Victoria und machte eine einladende Geste zu seinem Auto.

„Nein, Martin", sagte sie. „Ganz bestimmt nicht!"

Stinzig zuckte mit den Schultern und wandte sich ab. Die Fahrertür des BMW fiel mit dem satten Geräusch ins Schloss, das nur Luxuskarossen produzierten.

KAPITEL 29

„Jetzt bin ich aber mal gespannt, wie Sie die gesamte Situation erklären. Von vorne bitte."

Polizeioberkommissarin Patzner lehnte sich hinter ihrem Schreibtisch zurück.

„Mein Name ist Victoria Konrad und das ist Johannes Trappe", fing Victoria an. „Es geht um die Stinzigwerke und den Streik."

Eine Stunde später war die Polizei über Victorias und Johannes' Sicht einigermaßen im Bilde. Wieder einige Zeit später stand fest, dass Svens Version dazu überhaupt nicht passen wollte – er war parallel befragt worden. Stiller war medizinisch versorgt worden und wieder bei Bewusstsein, wollte aber, abgesehen von dem Angriff mit dem Betäubungsgas, nichts aussagen. Er wurde zunächst in Untersuchungshaft genommen.

Polizeioberkommissarin Patzner wandte sich abschließend wieder Victoria und Johannes zu. „Das war es jetzt fürs erste. Ihre Aussagen haben wir zu Protokoll genommen. Sie können gehen. Halten Sie sich aber bitte zur Verfügung."

Schweigend verließen Johannes und Victoria die Polizeistation und gingen zu Johannes' Auto.

„Soll ich dich heimfahren?", bot er an.

„Das wäre super. Ich glaube, ich habe noch nie so sehr eine Dusche gebraucht. Und zwölf Stunden Schlaf."

Sie stiegen ins Auto und schnallten sich an. Johannes

steckte den Schlüssel ins Zündschloss, ließ den Wagen aber noch nicht an.

„Irgendwann müssen wir über diese Familiensache reden", sagte er. „Du hättest mir viel früher sagen müssen, dass du zu den Stinzigs gehörst."

„Tu ich das?", sagte Victoria. „ich glaube nicht. Ich hätte gerne dazu gehört. Aber aufgewachsen bin ich mit der Familie meiner Mutter. Ich bin eine Konrad. Und meine Mutter hatte recht damit, mich von meinem Vater fernzuhalten. Er ist ein Verbrecher." Sie rieb sich mit flachen Händen übers Gesicht. „Natürlich wäre es schön, zu einer reichen Familie zu gehören. Kein Bafög zu benötigen für das Studium, und eine Handvoll Nebenjobs. Nicht in eine Krise zu stürzen, nur weil der Toaster kaputtgeht. Aber nicht um jeden Preis. Ich bin lieber arm aber anständig."

„Ja", sagte Johannes. „Das hast du wirklich bewiesen."

Victoria seufzte.

„Vielleicht war die Entscheidung auch falsch", sagte sie. „Jetzt wird mein Vater sich mit seinen Machenschaften durchsetzen, weil sich unsere Version der Geschichte nicht beweisen lässt. Und die Mitarbeiter von Stinzig schauen weiter in die Röhre, was die Betriebsrente betrifft."

„Oder auch nicht", sagte Johannes. „Jedenfalls nicht, wenn wir es anders entscheiden." Er öffnete seine Jacke. Aus der Innentasche ragten Papiere heraus – alte Qualität, leicht vergilbt.

„Du hast... Aber das ist das Original!", keuchte Victoria. „Wie bist du daran gekommen?"

„Als ich so getan habe, als würde ich in der Halle ein Geräusch hören."

„Wie kaltblütig", sagte Victoria staunend. „Du bist wirklich ein Held der Arbeit."

Epilog 1

„Ich lege Wert darauf, Ihnen meine Entscheidung noch zu erläutern." Der Notar und Testamentsvollstrecker der Stinzigwerke, Dr. Hemmerle, schaute in die Runde. Martin und Sven Stinzig sowie Victoria Konrad saßen auf der anderen Seite des wuchtigen Schreibtisches. Martin Stinzig war rot angelaufen. Eine Ader an seiner Stirn pochte. Sven fingerte an seinem Jackett herum. Nur die junge Frau Konrad war die Ruhe selbst.

„Es sind Umstände eingetreten, die mich zwingen, über die Anwendung von §17 des Erbvertrages der Familie Stinzig zu befinden. Sie alle wissen, worum es in §17 geht?"

Die Herren nickten.

„Nicht im Detail", sagte Frau Konrad.

Hemmerle nickte. „§17 regelt die Veränderung der Erbfolge im Falle der Unwürdigkeit des eingesetzten Erben oder bei Gefahr für den Bestand der Stinzigwerke. Angesichts der schwebenden Ermittlungsverfahren gegen die Herren Martin und Sven Stinzig bei gleichzeitiger harter Tarifauseinandersetzung mit der VGM bleibt mir keine andere Wahl, als die derzeitige Erbfolge zu suspendieren. Das bedeutet für den Moment, dass die Anteile kommissarisch meiner Verwaltung unterliegen. Für den Fall, dass es nicht zu einer Verurteilung kommt, bleibt es bei der vom Erblasser Karl Stinzig beabsichtigten Erbfolge auf Herrn Sven Stinzig. Wenn einer der Herren verurteilt wird, wird er von der Erbfolge ausgeschlossen. Sollten am Ende beide verurteilt werden, wird das Erbe an Frau Victoria Konrad fallen, die inzwischen allseits als ein Abkömmling der Familie Stinzig angesehen wird. Gegen meine Entscheidung steht ihnen selbstverständlich der Rechtsweg offen. Bis auf weiteres bleibt es bei der kommissarischen Verwaltung der Anteile. Die Stinzigwerke sind mit ihrem Vorstand ja handlungsfähig."

„Herr Dr. Hemmerle, ich möchte bitte eine Erklärung zu Protokoll geben", meldete sich Frau Konrad. „Für den Fall, dass ich tatsächlich Erbin werde, möchte ich sofort eine Stiftung gründen und meine Anteile einbringen. Könnten Sie das vorbereiten?"

„Aber natürlich", antwortete Hemmerle erstaunt. „Aber Sie sollten sich das noch gut überlegen."

„Das habe ich, vielen Dank", sagte Konrad. „War's das?"

„Ja", sagte Hemmerle.

„Danke!" Konrad stand auf und verließ das Büro, ohne die beiden Stinzigs eines Blickes zu würdigen.

Epilog 2

Johannes hatte es sich im Haus seiner Großmutter gemütlich gemacht. Sie befand sich noch im Krankenhaus, war aber klar auf dem Wege der Besserung. Als er sie heute besuchte, hatte sie im begrünten Innenhof des Krankenhauses in der Sonne gesessen und schon beinahe wieder ausgesehen wie sie selbst.

„Bald gehe ich nach Hause", hatte sie gesagt. „Mein Garten! Die können mich doch hier nicht ewig von meinen Verpflichtungen fernhalten."

Und zu Johannes' Verwunderung hatte sie sich nach Eduard erkundigt.

„Sag mir, wenn es ihm besser geht", hatte sie Johannes aufgetragen. „Ich fahre bestimmt nicht nach Frankfurt, aber anrufen könnte ich ihn vielleicht mal."

Erstaunlich. Vielleicht gelang es ihr nun doch noch, Frieden mit der Vergangenheit zu schließen.

Vor sich auf den Tisch im Obergeschoss, wo die Truhe seines Großvaters stand, hatte Johannes die größte Auflaufform gestellt, die er finden konnte. In ihr befand sich bereits das Original des Tarifvertrags.

Er ließ die Woche Revue passieren. Inzwischen hatten zwei erfolgreiche Streiks stattgefunden. Der Druck war einfach zu groß gewesen, so dass diese Aktionen notwendig geworden waren. Inzwischen zeigte sich der Vorstand von Stinzig auch wieder verhandlungsbereit, zumal der langjährige Personalchef Hausmann die Gespräche für die abgetauchte Personalvorständin Meinel übernommen hatte.

Damit schienen erfolgversprechende Verhandlungen möglich zu sein, zumal ihn Victoria kurz über die Ereignisse beim Testamentsvollstrecker der Familie Stinzig informiert hatte.

Johannes stand auf und legte seine Hand auf die Truhe. Was hätte sein Großvater jetzt wohl getan? Mit der Veröffentlichung des Tarifvertrages hätten heutige, vor allem aber auch frühere Mitarbeiter und ihre Erben beträchtliche Altersversorgungsansprüche, die allerdings die Stinzigwerke in eine bedrohliche Schieflage bringen konnten. Zumindest würden schwebende Rechtsstreitigkeiten über die Wirksamkeit der Ansprüche den Zugang zu Krediten praktisch unmöglich machen. Auf dem umkämpften Markt, der kontinuierliche Investitionen erforderte, um die Wettbewerbsfähigkeit zu erhalten, führte das zu existenzbedrohenden Problemen.

Warum sollte ihn das stören? Er war nur für seine Mitglieder verantwortlich, oder …?

Nein. In Wirklichkeit ging es um die Zukunft. Die gesamte Auseinandersetzung durfte sich nicht nur um alte Rechnungen oder die Bewältigung der Vergangenheit drehen. Alle hatten ein Recht auf die Zukunft. Die Mitarbeiter der Stinzigwerke und die Mitglieder der VGM, die dort im Einsatz waren. Die VGM selbst. Sogar die Familie Stinzig, in welcher Konstellation auch immer. Natürlich war die Vergangenheit wichtig. Aber nicht um den Preis der Zukunft.

Noch gab es keine Gerüchte über den alten Tarifvertrag und es war fraglich, ob noch jemand der Beteiligten plaudern würde. Die unscheinbaren Papiere blieben eine tickende Zeitbombe, solange sie existierten. Sie hatten schon jetzt beinahe Menschenleben gefordert.

Johannes kramte in seiner Hosentasche und förderte ein Feuerzeug zu Tage. Er würde in den nächsten Tagen eine Tarifeinigung erzielen. Eine, die zukunftsträchtig war und eine vernünftige betriebliche Altersversorgung für die Zukunft enthielt.

Johannes klickte das Feuerzeug an und hielt es in die Auflaufform.

Es sah zu, wie ein Stück Vergangenheit seinen Aggregatzustand änderte.